KB207335

제 얘기가 그렇게
음란한가요?

제 애기가 그렇게
음란한가요?
은하선 지음
오월의봄

프롤로그

지극히 편파적인

2015년《이기적 섹스》를 내면서 또 책을 쓰게 되리라 생각하지 못했다. 너무 많은 이야기를 토해내어 더 이상 하고 싶은 말이 생기지 않을 거라는 마음을 가졌던 것이다. 미래는 미지의 영역인데 오만하게도 미래를 진단하는 짓을 해버렸다.

나의 웅덩이에는 하고 싶은 말이 넘치도록 또 가득 차버렸다. 물론 하고 싶은 말과 할 수 있는 말의 양이 비례한 것은 아니다. 때로는 하고 싶지 않은 말을 해야만 하는 경우가 생기기도 한다. 중요한 사실은, 시간은 흘렀고 나도 흘러왔다는 것이다.

그렇다면 무엇이 달라졌고 무엇이 그대로일까. 예전에는 어쩌다 섹스에 대한 글을 쓰게 되었느냐는 질문을 많이 받았다. 그 질문은 많은 의미를 내포하고 있었다. '어쩌다가 어린 나이에 본인의 섹스에 대해 까발리게 되었냐.' '부모님은 이 사실을 알고 계시냐.' '시집도 안 간 처녀가 어쩌려고 이러냐.' '아직 어려서 모르겠지만 그렇게 주목받는다고 좋은 게 아니다.' 차마 그대로 내뱉지 못한 말들을 목구멍에 걸쳐놓은 채로 어쩌다 섹스 칼럼니스트가 되었냐고 묻던 수많은 사람들을 기억한다.《이기적 섹스》 출간 이후 10년째인 지금은 왜 아직도 스스로를 굳이 섹스 칼럼니스트라고 명명하느냐에 대한 질문을 더 많이 받는다. 결혼시장에서 환영받을 만한 나이를 지나쳐서일지도 모르겠지만 그렇게 생각하고 싶지는 않다. 그런 질문을 받을 만큼 내가 확장되었다는 뜻으로 받아들이고 싶다.

지난 10년 사이 난 텔레비전에 얼굴을 비추면서 방송인으로 불리기도 했고, 섹스토이 판매업과 요식업을 시작하며 사업가로 불리기도 했으며(사실 사업가보다는 '딜도 장수'로 더 많이 불렸다) 강의를 하면서는 페미니즘 강사 혹은 성교육 강사로 불리기도 했다. 내가 머무는 공간이 고정적이지 않은 것처럼 나도 움직이고 변화했다. 확실히 섹스 칼럼니스트보다는 방송인이나 사업가, 강사라는 타이틀이 더 대중적이다. 하지만 여전히 어떤 사람들은 나를 두고 섹스를 얼마나 많이 해봤기에 섹스 칼럼니스트씩이나 됐냐며 비웃는다. 섹스라는 단어만 들으면 성행위의 횟수로 곧장 생각이 연결되는 분들은 출입국 신고서를 작성할 때 쓰는 섹스(성별)란에도 숫자를 적으실 훌륭한 분들이다. 가뜩이나 척

박한 세상에 이런 소소한 재미라도 없으면 어떻게 살겠나. 고마운 분들이다.

그나저나 사람들을 이토록 헷갈리게 하면서까지, 색안경을 끼고 바라보는 이들을 감당하면서까지 내가 굳이 섹스 칼럼니스트라는 타이틀을 고집하는 이유는 뭘까. 간단하다. 이렇게 불리고 싶기 때문이다. 수많은 페미니스트들이 당연하다는 듯 이어져 오던 가부장제에 대한 비판으로 부모 성을 같이 쓰거나 아예 성을 쓰지 않거나 새로운 이름을 지어 스스로를 부르면서 자신의 모습을 찾아갔던 것처럼 말이다. 새로운 이름이 새로운 나를 만들 듯 자기소개나 타이틀도 마찬가지다. 무엇으로 불리고 싶은가는 자신을 구성하는 중요한 요소다.

한 언론사 기자는 인터뷰 도중 나에게 이 정도면 '섹스 중독' 아니냐고 물었다. 누리꾼이라면 누구나 원하는 대로 편집 가능한 인터넷 사전인 나무위키의 은하선 항목에 '자위행위 중독 증세'라는 단어가 적혀 있던 적도 있다. 여자가 이렇게까지 섹스하면서 산다는 건 분명 문제가 있을 것이라는 의미의 '중독'이라는 수식어는 나에게 쉽게 붙곤 한다. 여자가 섹스라는 단어를 입에 담기만 해도 수군거리는 한국에서 섹스 칼럼니스트라니 용감하다는 말을 들어본 적도 있다. 은하선 같은 여자가 많이 늘어나면 좋겠다며 응원한다는 남자들도 있었다. 솔직해서 멋지다는 반응도 여러 번 접했다. 섹스에 대해서 이야기하면 용감한 걸까. 용감해져야 섹스를 말할 수 있는 세상이란 얼마나 닫혀 있는 세상인가. 나는 솔직한 사람인가. 자위를 매일 한다고 말하는 것은 솔직한가. 섹스 경험을 글로 써서 책으로 펴낸 나는 솔직하고 용감한가. 솔직하고 용감하다는 말은 칭찬인가 조롱인가. 이게 바로 내가 여전히 섹스 칼럼니스트라고 스스로를 소개하는 이유다.

솔직하게 말하자면 2015년 《이기적 섹스》의 출간과 동시에 세상에 얼굴을 드러낸 은하선이라는 인물은 섹스라는 키워드를 중심으로 '내가 만든 나'였다. 사람들이 날 특별하지도 특이하지도 않은, 그저 섹스를 좋아하는 페미니스트로만 봐주길 바랐다. 그래서 많은 과거를 생략하기도 했다. 뭔가 사연 있는 여자일지도 모른다는 사람들의 생각에 말을 보태고 싶지 않아서 성폭력 피해 생존자라는 사실을 감추기도 했으며, 20대 초반부터 대학교와 단체에서 활동해온 페미니스트 활동가라는 사실을 드러내면 덜 신선해 보일까봐 갑자기 튀어나온 척하느라 활동 경력을 지우기도 했다. 사람들이 '야설'처럼 쉽게 페미니즘을 접하면 좋겠다는 생각에 '성행위'의 서사를 더 부각하는 방식으로 글을 써서 책을 내기도 했다. 스스로 나를 편집하고 오려 붙였다. 하고 싶었으나 하지 못한 말들을 뒤로한 채로 말이다. 그럼에도 솔직하고 용감하다는 평을 받았다. 단지 섹스 칼럼니스트라는 이유만으로 그랬다.

지난 몇 년간 나는 그렇게 만들어낸 은하선과 거리를 두기도 했다가 단짝 친구만큼 친해지기도 했다가 데칼코마니처럼 겹쳐지기도 하면서 비로소 지금의 은하선이 되었다. 타인과의 관계 맺기보다 어려웠다. 성폭력 미투운동 이후 성폭력 피해 생존자라는 사실을 여러 번에 걸쳐 고백하기도 했고, 대학교 내 페미니즘 백래시 강의를 하는 와중에 싸우는 대학 내 페미니스트로 살아왔던 과거를 드러내기도 했다. 그런 나에게 섹스를 좋아한다는 사람이 무슨 성폭력 피해자냐 주작이다, 라는 사람들도 있었고, 미투에 숟가락 얹는 거냐고 질타하는 사람들도 있었다. 야설이나 쓰던 섹스 칼럼니스트가 페미니즘 인권 강의를 할 깜냥이 되냐며 깎아내리는 사람들도 있었다. 하나의 카테고리에 묶이지 않는 나는 혼란 그 자체가 된 모양이었다.

내가 만든 은하선은 시간이 지나 내가 되었고 지금의 은하선이 되었다. 섹스만 이야기하는 것처럼 보였을 때보다 더 많은 것을 드러내고 더 솔직해졌지만 어찌 된 일인지 사람들은 점점 나를 믿지 않았다. 열다섯 살에 사귀던 대학생 오빠와 섹스했다고 말했을 때는 철석같이 믿더니 음악 레슨 선생님으로부터 약 8년간 성추행을 당했다는 성폭력 피해 고발에는 주작이 아니냐고 수군거렸다. 성폭력 피해자로서의 내가 그 시간 그대로 영원히 어둠 속에 고립되기를 바라기라도 하는 것처럼, 사람들은 성폭력 피해 생존자인 내가 주체적으로 섹스를 즐기는 한 여성으로 성장했다는 사실을 믿지 않았다. 내가 쓴 글은 조각조각 파편으로 흩어져 오로지 나를 비웃는 데 사용되었고 사람들은 파편만으로도 쉽게 조롱했다. 아무리 말해도 그대로 믿어주거나 들어주지 않는 현실은 한 사람을 너무도 쉽게 절망에 빠뜨린다. 아마도 그들은 그걸 바랐을 것이다.

그 과정에서 난 매우 중요한 사실을 알아버렸다. 사람들은 어차피 보고 싶은 부분만 보고 판단한다는 것. 어쩌다보니 이 세상에는 '내가 모르는 나'와 '내가 아는 나'가 공존하고 있었다. 누군가 나도 모르는 나를 나도 모르는 사이 나라고 떠들어준 덕분이다. 한때는 그런 이들에게 잘 알지도 못하면서 함부로 말하지 말라고 쏘아주고 싶기도 했지만 그런 일이 자주 반복되다보니 내가 아닌 나도 어쩌면 나의 일부분일지도 모른다는 생각이 들었다. 나도 모르는 내가 사람들 사이에서 진짜 나로 굳어진 것을 발견하는 일이 언제나 나쁘지만도 않다. 내가 모르는 나와 마주하면 '절대적으로 되고 싶은 나'가 어떤 모습인지 깨달을 수 있으니 말이다. 두려움의 실체를 알게 되면 그 두려움이 나를 짓눌러 질식시키지 않도록 사전에 차단할 수 있다. 물론 차단이 언제나 가능하지는 않지만.

솔직히 말해서 나도 날 완벽하게 잘 알지는 못한다. 물론 사실과 전혀 다른 일을 사실인 것처럼 포장하고 부풀려서 떠드는 사람들을 보고 있으면 답답해질 때도 있으나 해명하는 과정은 생각보다 지치고 인건비도 나오지 않는 일이다. 수박을 먹을 때 씨를 뱉는 사람과 씨를 먹는 사람이 있다면 난 후자다. 씨를 먹는 이유는 굳이 뱉을 이유를 찾지 못해서다. 뱉는 일은 번거롭기만 하다. 사람들에게 나를 해명하는 일은 수박을 먹으면서 씨를 일일이 골라 뱉는 일만큼 귀찮고 번거롭다. 나는 때로 사람들과 어울리면서 용기와 힘을 충전하지만, 의미 없이 수다를 떠는 사람들이 피곤하기도 하다. 어떤 날은 음악에 맞춰 몸을 흔들며 춤을 추지만 어떤 날은 손가락 하나도 움직이고 싶지 않아서 하루 종일 침대에 누워 있기도 한다. 여러 모습의 내가 합쳐져서 내가 된다. 각각의 파편은 나이기도 하고 내가 아니기도 하다. 오해받는 것은 살아 있기에 익숙한 일이다.

그렇다면 나는 어떻게 살아야 할까. 내가 원하는 나로 살아도 있는 그대로의 내 모습으로 결코 읽어주지 않는다면, 숱한 오해에 아무리 열심히 해명해봤자 가닿지 못하고 허공을 둥둥 떠다닐 뿐이라면. 그렇다면 나는 어떻게 살아야 할까. 어차피 안 된다면 그럼 또 그것대로 내가 원하는 대로 마음껏 살아도 된다는 뜻 아닐까. 노란 공으로 살면서 여기저기 통통 튕겨 다니건 바람 빠져 찌그러진 풍선으로 살건 내가 상관없다면 조금 더 자유를 누려도 되지 않을까. 그저 섹스를 좋아하는 페미니스트로 봐주길 바랐다는 지점에서부터 내가 원하는 대로 나를 구성하려고 했던 애초의 계획은 망해버렸던 게 아닐까 싶다. 이 사회에서 페미니스트는 이미 그 자체만으로도 별난 사람으로 여겨지지 않는가.

어차피 계획대로 되지 않으니 더더욱 내 마음대로 살겠다는 결심 이후, 삶은 순조롭고 평화로워졌다. 한편으론 이런 생각도 들었다. 내가 아무리 솔직하게 말해도 거짓말쟁이 취급하는 사람들이 있다면 굳이 솔직해져야 할 필요가 있을까. 진실을 들을 준비가 안 된 이들에게 털어놓는 진실은 언제 터질지 몰라 감당할 수 없는 폭탄일 뿐이다. 나도 모르는 내가 바로 이게 너라며 인사를 해도, 사람들이 신나서 없는 말을 지어내며 내 욕을 하고 있어도, 사기꾼이라는 수식어를 얻게 되어도, 내가 나를 마주하고 이야기를 들으며 글을 쓸 수 있는 힘만 있다면 살아나갈 수 있다.

이 책에 담긴 이야기는 은하선에 의해서 쓰인 지극히 은하선 중심적인 글들이다. 내가 원하는 나의 삶과 내가 아는 나의 삶 그리고 내가 모르는 나의 삶에 대한 무수히 많은 이야기를 나만의 체에 거르고 또 거른 후 그 비좁은 쳇구멍을 겨우 뚫고 나온 것들만을 다듬고 또 다듬어서 세상에 내놓는다. 당신은 분명 이토록 편파적인 글들 어딘가에 서서 손을 흔드는 진짜 은하선을 발견할 수 있을 것이다. 체에 거른 은하선에 물을 섞어 수제비 반죽을 만들지 온갖 향신료를 섞어 후무스로 만들지 결정하는 건 당신이다.

혹시라도 나의 삶이 누군가를 더 망설이게 만들어버리는 건 아닐까, 한동안 그런 생각에 괴로웠다. 미디어에 비치는 지극히 한정적인 성소수자 중 한 명이 나인데, 나조차 이렇게 욕먹으면서 살아가고 있으니 한 발을 내딛기조차 망설이고 있는 누군가 나를 본다면 '역시 아직 세상은 안 되겠다'고 생각할 수도 있지 않을까. 욕먹거나 다른 사람 입에 오르내리기를 특별히 좋아하는 사람이 아니고서야 나를 보면서 용기나 희망보다 절망을 느낄 거라는 생각이 나를 우울하게 했다. 하지만 그런 생각은 멀리서 누군가 보내오는 응원의 신호와 함께 솜사탕처럼 사르르 녹아버린다. 삶을 지탱하는 농담을 멈추지 않기로 한다. 싸움과 농담이란 함께 갈 수 있는 단어라고 믿고 싶다. 이렇게 제멋대로 살아가고 있는 내가 당신에게 조금이라도 힘이 된다면 더할 나위 없겠다. 인생, 까짓것 망해봤자 은하선이니까.

차례

1부

2부

3부

1부

여자가 섹스를 말한다는 것

섹스 칼럼니스트라고 소개하면 아직도 사람들은 입을 모아 말한다. 그게 뭐야, 섹스를 어떻게 쓴다는 거야, 자기가 한 섹스를 쓴다는 거야 뭐야, 아아, 그 있잖아, 외국인 여자들 나오는 시트콤, 그 뭐더라, 뉴욕에서 여러 명 나오고, 아 뭐더라, 아…… 〈섹스 앤 더 시티〉! 넷플릭스만 켜면 온갖 해외 드라마가 쏟아지는 시대다. 드라마를 좋아하는 나 같은 사람은 넷플릭스를 알게 된 이후 너무 많은 드라마를 보게 된 바람에 어제 봤던 드라마 제목도 기억나지 않을 정도가 되어버렸다. 〈섹스 앤 더 시티〉는 벌써 나온 지도 20년이 더 된 드라마다. 드라마 홍수의 시대에 아직까지 사람들의 머릿속에 존재할 수 있다니 어떤 의미에선 대단한 작품이다. 잊기 어려울 만큼 파격적인 드라마였다는 뜻일까. 아니면 섹스에 대해 쓴다는 게 미국 드라마에나 등장할 만큼 매우 드라마적인 직업으로 인식되기 때문일까. 어찌 됐건 섹스 칼럼니스트라는 직업은 확실히 현실과는 거리가 있게 느껴지는 모양이다.

섹스 칼럼니스트는 누구나 될 수 있다. 그냥 섹스에 대해서 쓰면 된다. 간단하다. 오늘 밤 일이 될 수도 있고 어젯밤 일이 될 수도 있다. 물론 낮이 될 수도 있다. 내 섹스에 대해서 쓰기 어렵다면 다른 사람의 섹스에 대해서 써도 된다. 운이 좋으면 지면이 생길 수도 있고 나처럼 책을 쓰게 될 수도 있다. 개인 블로그도 훌륭한 지면이 될 수 있다. 요즘엔 글을 공유할 수 있는 플랫폼도 많이 생겨났다. 긴 글을 쓸 시간적 여유가 없다면 엑스(트위터) 같은 SNS도 좋다. 어떤 이는 짧은 글을 읽고 쓰는 일에 익숙해지면 사유력이 떨어질 수 있다고 말하기도 하지만, 난 그렇게만 생각하지는 않는다. 짧은 글에서 시작해 가지를 뻗어나가면 긴 글이 된다. 나도 처음엔 블로그 등 SNS로 시작했다. 섹스 칼럼니스트 대신 '작가'라는 호칭으로 불리기도 하지만 사실 글을 쓰는 모든 사람은 작가 아닌가. 그런데도 얼마나 섹스를 많이 해봤기에 섹스 칼럼니스트씩이나 됐냐고 비아냥거리는 사람들을 마주할 때면 궁금해진다. 익숙하지 않은 단어 앞에서 작아져버린 자신을 숨기기 위한 건지 아니면 그게 뭔지 모른다고 솔직하게 인정하고 싶지 않아서인지. 차라리 그게 뭐하는 직업이냐고 묻거나 '어떤' 섹스에 대해서 쓰는지 묻는다면 난 꽤 친절하게 대답해줄 준비가 되어 있다. 세상만사가 섹스가 되는 세상 속에서 내가 쓰는 섹스가 당신이 생각하는 그 섹스가 아닐 수도 있지 않나. 안타깝게도 아직까지 어떤 섹스에 대해 쓰는지를 묻는 사람은 없었다. 만약 내가 '섹스 평론가'나 '섹스 논객'이라면 어땠을까. 정치 평론가나 청년 논객처럼 말이다. 이쪽이 더 나은 것 같다고? 아무래도 내년쯤엔 직업명을 바꿔야겠다.

섹스를 소재로 글을 쓰는 섹스 칼럼니스트라는 직업이 한국사회에 본격적으로 등장한 건 〈섹스 앤 더 시티〉가 방영을 시작한 2000년대 초반이다. 뉴욕에 사는 중산층 여성들이 주인공인 미국 드라마 〈섹스 앤 더 시티〉는 성공한 여성의 삶이란 무엇인지 보여줬다고 해도 과언이 아니다. 많은 이가 이 드라마를 보면서 '여자도 남자처럼 섹스를 즐길 권리가 있다'거나 '여자도 능력만 있으면 남자처럼 성공할 수 있다'는 생각을 키워나갔다. 섹스를 부끄러워하던 고리타분한 여성이 아닌 주체적으로 섹스를 즐기고 자신의 글 소재를 찾기 위해 섹스를 찾아서 하기도 하는 여성, 섹스를 자신을 빛나게 만드는 전문적인 요소로 환원시킬 줄 아는 여성, 섹스를 가지고 놀 줄 아는 여성, 그러나 사실은 쾌락만을 즐기느라 마음을 돌보지 못해 너무나 외롭고 상처 입는 것이 두려운 여성, 그래서 언제나 사랑을 갈구하며 남자를 찾아 나서는 여성. 신세대 여성이 자신의 섹스 라이프를 전면에 드러내면서 돈도 버는 하나의 새로운 직업으로 등장한 '섹스 칼럼니스트'는 한국판 《코스모폴리탄》 등의 패션지를 통해 섹스 포지션, 오르가슴을 느끼는 방법 등의 글로 존재를 드러내며 본격적으로 한국사회에서 영역을 확장하기 시작했다.

이렇게 보면 뉴욕이라는 해외 대도시에서 이미 자리를 잡은 직업이 마치 '수입'이라도 된 것처럼 느껴질 수 있겠다. 약간의 시차는 있겠지만 섹스 칼럼니스트라는 직업이 생소한 건 뉴욕에서도 마찬가지였다. 2002년 《뉴욕타임스》는 미국 대학신문 사이에서 섹스 칼럼을 게재하는 일이 크게 늘어나며 화제를 모으고 있다는 기사를 내놓았다. 인터넷 출현 이후 쇠락에 접어든 일부 대학신문이 섹스 칼럼을 이용하고 있다는 지적도 함께 말이다. 기사에 등장하는 한 섹스 칼럼니스트는 〈섹스 앤 더 시티〉를 보고 영감을 받았다고 밝혔다. 이미 익숙한 대중적 직업으로 자리를 잡은 섹스 칼럼니스트가 〈섹스 앤 더 시티〉에 등장한 것이 아니라 오히려 그 반대였을지도 모른다는 생각이 든다. 예일대에 재학 중인 한 여성의 아버지는 딸에게 섹스 칼럼 집필을 중단하라고 요구할 생각도 있다는 인터뷰를 하기도 했다. 아버지가 다 큰 딸이 쓰는 글에 감 놔라 배 놔라 개입할 수 있다니 미국도 한국과 별반 다르지 않았나보다.

2002년 한국에서도 섹스 칼럼니스트로 활동하는 한 여성 사업가가 등장한다. 남들은 들어가고 싶어도 못 들어간다는 서울대를 '쿨하게' 자퇴하고 미국에서 1000억대의 투자를 유치한 능력 있는 신세대 사업가로 알려져 화제를 모았던 U씨는 인터뷰를 통해 바쁜 와중에 연재하고 있는 본인의 섹스 칼럼을 홍보했다. 사업가이자 연극배우, 가수 등 다양한 영역에서 활동하느라 바빴던 U씨가 본인의 이야기를 중심으로 섹스 칼럼을 쓴다는 사실은 거침없고 솔직한 이미지를 만드는 데 한몫했다. 그렇다면 U씨는 어떤 섹스 칼럼을 썼을까. U씨는 한 매체와의 인터뷰를 통해 "섹스에 대해 불만이 있는 여자도 결국 자기 잘못"이라며 "적극적으로 오르가슴을 찾으면 섹스를 컨트롤할 수 있다"라거나 "다이어트나 피부 관리, 가슴 탄력 등을 통해 몸의 자신감을 높이라"라고 말했다. 남성에게 먼저 요구할 줄 아는 여성, 스스로 오르가슴을 찾는 '주체적'인 여성, 그런 여성으로서의 자신감을 높이기 위해 본인을 가꾸며 노력하는 여성이라는 식의 이른바 섹스 자기계발 담론은 U씨의 글에서만 찾아볼 수 있는 것도 아니었고, 섹스나 연애의 영역에만 국한된 것도 아니었다.

2000년에 출간된 《남자처럼 일하고 여자처럼 승리하라》가 큰 성공을 거둔 후 출판업계에는 자기계발서 붐이 불었고, 그 이후 내 안에 잠든 거인을 깨우라거나 하루 10분 돈 벌기 명상을 하라는 책들이 쏟아져나왔으니 말이다. 뭐라도 해야 힘든 시기 조금이라도 나아질지 모른다는 불안감은 많은 이가 자기계발서로 빠져들게 만드는 원천이었다.

다른 사람과 차별성을 가지고 노력한다면 원하는 것을 이룰 수 있다는 자기계발 담론으로 빠진 섹스 이야기 안에서 오랫동안 지속되어왔던 성차별은 당연히 묻혔다. 노력해도 이루지 못했다면 노력을 덜한 것이고, 더 많이 노력해도 달라지지 않는다면 그것 또한 노력이 충분하지 않았기 때문이라는 단순한 논리 속에서 어떻게 성차별을 논할 수 있겠는가. 결국 여자도 노력만 하면 '남자처럼' 돈도 많이 벌 수 있고, '남자처럼' 섹스도 연애도 원하는 대로 마음껏 즐길 수 있다는, 공갈빵처럼 속이 텅 빈 문장만이 남은 것이다. 남자처럼 돈을 벌면 여자로서 더 이상 차별받지 않는다는 뜻인지, 남자처럼 섹스를 많이 하고 섹스를 즐기면 걸레라고 욕하지 않고 박수 쳐준다는 뜻인지 알 수 없었다. 당연히 여기서 '남자처럼'이 무엇을 의미하는지에 대한 고민도 없었다. 빠르게 변해가는 노력의 시대에 무조건 섹스를 많이 하면 남자처럼 되는 것인지, 남자처럼 되는 것이 여자가 사람으로 살 수 있는 유일한 방법인지, 그렇다면 남자가 결국 삶의 기준이 되어야 하는 건지에 대한 깊은 생각을 할 겨를도 주어지지 않았다. 어찌 됐건 노력을 해야 하고 노력한 만큼 성취할 수 있다면 좋은 거고, 그렇게 남자도 여자도 싸우지 않고 각자 노력한 대로 행복하게 살 수 있으면 좋은 거 아니겠냐는 '양성평등'에 대한 얕은 시각만이 존재할 뿐이었다.

2004년에는 '몸짱 열풍'으로 섹스 다이어트가 화두로 떠오르기도 했다. 섹스는 칼로리 소모가 높고 평소에 쓰지 않는 근육을 쓸 수 있어서 저절로 다이어트가 된다는 것이다. 섹스도 하고 다이어트도 할 수 있다니 그야말로 일석이조라는 섹스 다이어트 열풍 안에서 섹스 자기계발 담론은 함께 무르익었다. 물론 이러한 '섹스 다이어트'도 섹스가 운동이 되니 모두들 섹스도 하고 건강도 챙기라는 메시지보다는 섹스도 몸도 노력을 통해 계발해야 할 것이라는 메시지에 가까웠지만 말이다.

이러한 당시의 배경을 살펴보면 U씨의 섹스 칼럼 내용이 특별히 독보적으로 읽히지는 않는다. 내가 흥미를 느낀 지점은 칼럼의 내용이 아니라 섹스 칼럼니스트의 이미지가 U씨라는 한 사람을 구성하는 하나의 요건으로 작용한 부분이다. 사업을 확장해나가며 방송 등의 매체에 자주 등장하던 U씨는 얼마 지나지 않아 사실상 활동을 중단하게 되는데, 알고 보니 U씨가 이사 직함을 가지고 있었을 뿐 경영에 직접 참여하지 않았고, 기획사와 연예인 간에 이뤄지는 것처럼 계약을 맺고 활동했다는 사실이 한 방송을 통해 드러났다. 그렇다면 여기서 한 가지 재미있는 상상을 해볼 수 있지 않을까. 기획사는 섹스 칼럼니스트가 가져다주는 이미지가 U씨에게 긍정적인 영향을 줄 거라 판단하여 U씨의 활동 영역에 섹스 칼럼니스트를 포함해 기획했을 수도 있다는 상상을 말이다. U씨가 한 무가지에 연재하던 섹스 칼럼의 제목이 U씨가 아닌 제3자에 의해서 특허청에 상표로 등록되어 있었다는 사실이 과연 우연이었을까.

'섹스 칼럼니스트'를 잠시 떼놓고 2000년대를 다시 살펴보자. 2000년, 한국은 IMF 외환위기에서 겨우 탈출했다. 1997년 IMF 외환위기 당시 일하던 여성들은 '남자가 잘리는 것보다는 낫지 않느냐'는 말을 들으며 쉽게 해고되었다. 돈을 버는 여성은 굳이 벌지 않아도 되는 돈을 버는, 용돈 정도의 벌이를 하는, 본인의 욕심으로 굳이 돈을 벌고 싶어 하는 부수적인 존재로만 취급당했고, 잘려도 크게 문제가 되지 않는다는 분위기 속에서 하나둘씩 사라졌다. 반면 경제위기 속 해고를 피하지 못한 남성들의 문제는 그 자체로 사회적인 문제로 인식되었다. 경제위기 속에서 여성은 힘을 잃은 가장의 기력을 북돋워주기 위해 없는 돈을 탈탈 털어 삼을 넣고 전

복죽을 끓이는 현명한 '아내'로만 위치지어졌다.

그런데도 경제위기 이후 능력 있는 커리어우먼이자 연애와 섹스도 놓치지 않는 여성을 위한 잡지와 책, 영화 등이 줄지어 등장했다는 사실을 어떻게 바라봐야 할까. 정말로 노력만 한다면 '여성'이라는 이유로 받는 차별을 극복할 수 있다는 이야기였을까. 사회적인 차별은 능력 없는 자가 마땅히 감수해야 하는 어쩔 수 없는 일이라는 의미였을까. 여자도 능력만 있으면 정말로 충분히 남자만큼 돈을 벌 수 있다는 이야기였을까. 섹스도 하고 일도 하는 여성들이 화려한 스포트라이트를 받으며 더 많이 등장하면 문제는 해결되는 걸까. 근본적인 질문들이 가려지는 건 아닐까. 취업이 어려워 결혼도 연애도 포기한다는 청년들의 이야기가 처음 등장할 때도 여성은 빠져 있었다. 여성은 일자리를 필요로 하는 청년이 아닌, 돈 없는 남자는 매력 없다며 돈 많은 남자와의 결혼을 꿈꾸는 존재로만 위치했다. 능력을 키우라는 메시지를 전광판 메인에서 내리지 않는 세상이면서도 남성을 능력만으로 평가하는 여성은 단두대에 올라가 처단을 기다려야 한다.

경제위기는 끝나지 않았다. 2020년대에도 여전히 경제는 어렵고 취업은 쉽지 않다. 경제위기는 아마도 인간이 멸종되지 않는 한 끝나지 않을 것이다. 취업시장에서의 성차별에 대해서 말해봤자 모두가 힘든 경제위기 상황에서는 그다지 소용이 없다. 사회적인 차별도 좀처럼 나아지지 않는다. 차별은 너도나도 어려운 세상의 사각지대에 놓인다. 기내에서 제공된 땅콩이 마음에 들지 않는다며 난동을 부리고 갑질을 했던 한 항공사 사장이나 최초의 한국 여성 대통령이었던 그분이 소환된다. 여성이 차별받는 사회라면 저들이 어떻게 저렇게 높은 자리에 올라갈 수 있었겠냐며, 한국은 이제 남성들이 '역차별'을 받고 있다는 이야기가 등장한다. 성차별을 살피려면 비슷한 위치에 있는 남성과 여성을 비교해야 하지만 이러한 '역차별' 논의에서는 그러한 기본도 고려되지 않는다. 사회적으로 권력이나 돈을 쥔 '성공한 여성' 몇 명이 역차별의 대표 근거가 된다. '성공한 남성'이란 이미 흔하디 흔한데도 말이다.

다시 섹스 칼럼니스트로 돌아가보자. 〈섹스 앤 더 시티〉라는 드라마가 만들어놓은 여성 섹스 칼럼니스트의 이미지는 뉴욕에서는 어떤지 잘 모르겠으나 한국에서는 아직도 건재하다. 여기서 한 가지 질문을 하고 싶다. 만약 〈섹스 앤 더 시티〉에 나온 섹스 칼럼니스트 캐리 브래드쇼가 원고지 1매당 5000원을 겨우 받는데 그마저도 연재할 곳을 찾지 못해서 부모님에게 손을 벌리며 매일 편의점 컵라면과 삼각김밥으로 연명했다면 어땠을까. 뉴욕의 빌딩이 아닌 서울의 5평짜리 햇빛도 들지 않는 곰팡이 핀 월세 반지하방에 살았다면 어땠을까. 반지하방 창문에 새벽마다 노상 방뇨하는 술 취한 아저씨 욕을 하면서 말이다. 카페에서 짱짱한 얼음이 들어간, 빨대를 한번 쪽 빨기만 해도 이가 시린 아이스 아메리카노를 마시면서 작업하는 게 아니라 38도를 웃도는 폭염 속에서 전기요금 걱정하느라 노트북을 들고 지하철 2호선에 타 겨우 자리를 잡고 원고 작업을 한다면 어땠을까. 노트북 배터리가 떨어질 때마다 잠깐씩 내려 지하철역에 있는 콘센트를 찾아 충전하면서 말이다. 섹스 칼럼니스트의 이미지가 그랬다면, 이 직업이 화제가 될 수 있었을까. 물론 여자가 섹스를 말하는 것만으로도 충분히 신기하게 바라보는 사람들이 있으니 화제는 되었을 수도 있겠다. 그러나 U씨 같은 사람이 굳이 자신의 넘치는 이력에 섹스 칼럼니스트를 추가했을까. U씨가 쓰던 섹스 칼럼의 제목을 상표 등록까지 해놓았을까. 《뉴욕 타임스》가 대학신문이 회생을 위해 섹스 칼럼을 이용하고 있다는 진단을 내렸을까. 섹스와 여성이라는 단어의 조합이 가져오는 화려한 밤거리의 조명과 같은 이미지는 가난과는 거리가 멀다. 섹스가 돈이 되고, 욕망이 돈이 되며, 돈만 있으면 여성도 '차별 없이' 잘 살 수 있다고 말하는 세상에서 섹스를 쓰는 여성이란 중첩된 욕망들이 만든 허상의 이미지가 된다. 이미지는 이미지일 뿐이다. 이미지는 현실의 섹스와, 섹스의 정의와, 섹스의 차별을 집어삼킨 채 이미지로만 남는다.

내가 섹스 칼럼니스트라고 자기소개를 하면 "아 ○○씨처럼요? 예전에도 은하선씨 같은 사람 있었어요" 같은 말들을 어렵지 않게 듣곤 했다. 그중에는 섹스 칼럼니스트도 있었고, 성교육 강사도 있었고, 인터넷 커뮤니티 운영자도 있었다. 내가 보기엔 전부 다 다른 생각을 가진 사람들이었지만 '섹스'와 '여성'이라는 키워드를 공유한다는 이유만으로 사람들은 쉽게 같은 카테고리로 묶었다. 솔직히 말해서 처음에는 불쾌했다. 섹스라는 주제는 굉장히 넓은 영역이지 않은가. '같은' 섹스 칼럼니스트라고 해도 누군가는 '오늘 밤 그를 사로잡는 섹스 포지션'에 대해 쓸 수도 있고, 누군가는 '마음에 드는 그 남자, 유혹하는 방법'에 대해 쓸 수도 있고, 또 누군가는 '사랑과 마음을 나누는 진짜 섹스'에 대해 쓸 수도 있다. (셋 다 내가 쓰는 글과는 거리가 멀다.) 그런데도 쉽게 하나로 보인다는 사실에 기분이 좋지 않았다. 그러나 생각해보니 그게 바로 현실이었다.

생각해보자. 예컨대 시사평론가만 보더라도 개개인의 평론가들은 각기 다른 견해를 가지고 있는 사람으로서 각자의 생각이나 견해를 존중받는다. 시사평론가라는 자기소개에 "아, ○○처럼?"이라는 반응이 돌아올까? 또 어떤 시사평론가도 정치를 얼마나 해봤기에 시사평론씩이나 하냐는 이야기를 듣거나, 전문적으로 정치를 하라며 조롱당하지 않는다. 그런데 난 섹스를 얼마나 많이 해봤기에, 그것도 여자가 섹스 칼럼씩이나 쓰냐며 비웃음당하거나, 섹스 전문가라면 성매매도 해봤다는 뜻이냐며 미아리에나 가라는 말을 듣거나, 섹스 중독이 아니냐는 말을 듣거나, 전혀 다른 글을 쓰는 사람들과 '섹스'라는 단어 하나로 퉁쳐지곤 한다.

이런 현실 속에서 섹스는 여성의 영역이 아니라거나, 섹스를 말하는 여성은 문제적이라는 성차별적인 사고를 발견하는 건 어렵지 않다. 성매매하는 여성이 진짜 섹스 전문가이니 거기 가서 배우라는 말이 성매매 여성의 직업과 노동을 그만큼 존중한다는 뜻일까. '까짓 게 무슨 전문가'냐며 깎아내리려는 의도라고 해석해야 더 정확하지 않을까. 성노동자 여성이 일할 때 맞닥뜨리는 현실만 보더라도 '존중'과는 거리가 멀다.

나는 2016년부터 섹스토이 사업을 하고 있다. 사람들은 본인에게 맞는 섹스토이를 상담받고 구매하기 위해서 나의 가게에 온다. 쉽게 말하면 섹스토이 편집숍이다. 서점으로 말하자면 독립서점인 셈이다. 인생의 반 이상 섹스토이를 사용해온 헤비 유저인 나는 수많은 섹스토이 중 내가 좋아하는 아이들을 모아놓고 손님들을 맞이한다. '전문가'인지는 모르겠지만 좋은 토이를 입양할 수 있도록 도와줄 능력은 가지고 있다. 몇 년 사이 섹스토이 하나면 사랑도 섹스도 다 오케이, 인생을 함께할 가전이라는 의미의 '반려가전'이라는 말도 유행이다. 그만큼 섹스토이의 위상이 올라갔다. 그럼 반려가전을 추천해주는 일을 하는 나의 위치는? 인터넷에서 나에 대한 기사 댓글을 종종 읽곤 하는데 '딜도팔이'라는 말을 쉽게 발견할 수 있다. 눈치가 아무리 없어도 저 말이 좋은 뜻은 아니라는 걸 단번에 알 수 있다. '딜도팔이'라는 말 안에는 '여자가 얼마나 팔 게 없었으면 딜도 같은 걸 파냐'라는 의미가 함축되어 있다. 뭐라도 팔아야 먹고사는 사회에서 딜도를 파는 게 특별히 비난받아야 할 이유는 뭘까. 딜도도 무시하고 여자도 무시하고 은하선도 무시하는 그야말로 '다중무시적' 단어다. 다중무시적이란 표현은 처음 들어봤다고? 당연하다. 방금 내가 만들었으니까.

나에게 딜도는 최애캐, 그러니까 최고로 아끼는 캐릭터다. 그런 나의 딜도를 욕하다니 당신들은 언제 한 번이라도 딜도만큼 타인을 행복하게 만들어준 적이 있었냐고 되묻고 싶어진다. 나의 직업을 비웃는 사람들에게서는 본인들이 생각하기에 별것도 아닌 일을 해서 돈을 버는 여성에 대한 분노를 읽을 수 있다. 모두가 힘들고 괴로운 현실 속에서 여자가 섹스라는 키워드를 가지고 돈을 벌고 있으니 얼마나 배알이 꼬이겠나. 만약 '딜도팔이'라는 단어를 순수하게 나의 사업을 홍보해주기 위해서 "은하선은 딜도도 팔아. 딜도 사고 싶으면 은하선한테 가면 돼"라는 뜻으로 사용한 분들이 계셨다면 오해해서 정말 미안하다.

내가 모르는 나는 이러한 사람들이 옮기는 아름다운 그러나 근본 없는 구전설화 속에서 태어나고 성장했다. 깎아내리기 위해서 무작정 독기를 품고 욕하는 사람들을 이길 수 있는 방법을 난 알지 못한다. 내가 할 수 있는 일은 과거와 현재를 살피는 일이다. 과거와 현재를 살피면 섹스 칼럼니스트라는 사실만으로 왜 조롱을 당하는지, 글을 쓰고 물건을 팔아 정당하게 돈을 버는 내가 왜 비웃음거리가 되곤 하는지, 왜 전혀 다른 사람들과 쉽게 하나로 묶이는지 알 수 있다. 섹스 칼럼니스트는 드라마 주인공으로 등장해 하나의 이미지로 사람들에게 각인되었으며, 그 이미지는 심지어 사업적으로 이용되기도 했고 여성들이 받는 차별의 근원을 가리고 개인의 노력으로 극복 가능한 것처럼 구조를 은폐하는 수단이 되기도 했다. 한편으로는 여자가 섹스를 말한다는 사실만으로도 색안경 낀 이들에게 둘러싸이는 현실을 증명하는 리트머스가 되기도 했으나, 또 한편으로 누군가에게는 섹스 말하기를 결심하는 용기가 되기도 했다. 앞으로는 어떻게 될까. 멈춰 있지 않기에 더 이상 불쾌하지만은 않다. 오늘도 난 섹스를 말하고 섹스를 쓴다.

'갤럭시 보지' 은하선

이름이 알려질수록 소위 말하는 유명세에 시달리는 경우가 있다. 유명세란 그야말로 곤욕이다. 책을 내고 방송활동을 하면서 나도 일종의 유명세를 치르는 사람들의 명단에 이름을 올리는 호사를 누리게 되었다. 그런데 유명세를 치른다고 해서 꼭 유명하다는 의미는 아닌 것 같다. 내 경우엔 유명세에 시달릴 뿐 딱히 유명하지는 않다. 나와 관련된 기사에는 언제나 악플이 넘쳐난다. 그 덕분에 강의에 가면 이런 질문을 자주 받는다.

"그 많은 공격을 어떻게 견디세요? 멘탈을 관리하는 특별한 방법이 있나요?"

걱정과 호기심이 반반 섞인 질문이다. 아무리 정신력이

강한 사람이라도 자신을 향해 끊임없이 날아오는 공격을 그대로 견디는 건 쉽지 않기에 해주시는 고마운 걱정이다. 이런 질문을 받을 때마다 나만의 비법 같은 걸 전수해줄 수 있다면 얼마나 좋을까 생각한다. 그 무엇도 나를 망칠 수 없다고 쿨하게 답할 수 있다면 좋겠지만 허세를 부릴 수는 없지 않은가.

나는 나를 향한 악플이나 공격을 멈추는 방법을 알지 못한다. 누군가는 고소를 하라고 말한다. 악플의 좋은 예가 될 수 있을 듯한 댓글을 보면 캡처해놨다가 SNS에 올리는데 그 때마다 "고소하세요. 고소"라고 말하는 사람들이 꼭 있다. 메일로 왜 악플러를 고소해야 하는지에 대한 자신의 생각을 긴 글로 정리해 보내온 사람도 있었다. 그는 악플러는 고소를 해야 줄어든다며 은하선씨가 고소를 해야 이후 발생할 수 있는 다른 피해를 막을 수 있다는 말도 덧붙였다. 사람들이 악플로 괴롭힘을 당하는 세상을 조금이나마 바꾸기 위해서라도 내가 먼저 나서서 고소를 해야 한다는 뜻이다. 물론 좋은 의미로 한 말이겠지만 피해자인 나에게 피해의 원인을 돌리는 말처럼 들리기도 한다. 게다가 고소를 해도 악플이 흘러오는 길 자체를 원천 봉쇄하기란 어렵다. 고소하라는 댓글을 다는 사람들에게 되묻고 싶다. 나라고 고소할 줄 모르겠냐고. 내가 고소를 하고 경찰서에서 조사를 받고 나오면 은하선 파이팅, 힘내라 은하선, 야광봉 들고 비눗방울을 불면서 응원해주며 술이라도 한잔 사줄 것도 아니면서 왜 그렇게들 쉽게 고소하라는 말을 하는지 모르겠다. 고소는 여러모로 품이 많이 드는 일이다. 그럼에도 차선책은 될 수 있기 때문에 연예인들의 경우 악플러 고소 후 기사를 통해 강경한 입장을 밝히기도 하지만 말이다.

2019년 12월 15일 방영된 〈SBS 스페셜〉은 악플러와 악플러에 시달려본 경험이 있는 연예인들의 이야기를 담아내 악플러의 심리를 분석하고자 했다. 나 또한 악플러에 시달렸던 피해자로서 방송을 챙겨 보았다. 22년 차 가수 겸 배우 심은진은 이 방송에서 자신을 괴롭힌 악플러와 피해자 진술 때 대면했던 경험을 나눠주었다. 아마도 조금은 미안한 기색을 내보일 거라는 기대로 가해자를 만나지 않았을까. 그런데 어이없게도 가해자가 자신을 보자마자 밝게 웃으며 '언니 반갑다'고 인사를 했단다. 그 방송을 보고 나니 결국 악플러들이 원하는 건 악플의 대상에게 자신의 존재를 알리는 게 아닐까 싶었다.

나도 고소를 해본 적이 있다. 고소하면 일시적으로나마 악플이 줄어들기도 한다. 은하선에게 악플을 달았다가 고소당했는데 어떻게 해야 할지 모르겠다, 도와달라며 인터넷 커뮤니티에 글을 올리는 사람이 꼭 한두 명은 존재하기 때문이다. 사연자 한 분을 만나보자. 내용은 쓸데없이 길어서 살짝 축약했다.

> 오늘 낮에 질문을 올렸으나 답변이 적어 다시 올려봅니다. 전문가님들의 많은 의견이 필요합니다 ㅜㅜ 이 기사에 제가 이런 댓글을 단 것 같습니다. 저는 초범이고 이런 댓글을 썼다는 것에 반성을 하고 있는데요. 일단 고소인은 합의할 생각이 없다고 합니다. 제가 단 댓글은 다음과 같습니다. "진짜 시미켄 같은 남배우들과 AV 여배우들이 더 전문적이고 섹스에 대해 논할 때 더 실용적인 지식을 전수해줄 듯. 저런 페미니즘 운운하면서 책팔이하는 년보다."

생각지도 못한 고소에 당황해버린 나머지 하루에 두 번씩이나 글을 올리고 있는 악플러의 황망한 심경이 고스란히 드러나는 아름다운 글이다. 단 한 번도 만나본 적이 없음에도 이분이 남긴 글을 통해 여러 가지 정보를 얻을 수 있었다. 일본에서 만드는 어덜트 비디오를 자주 시청하신다는 점, 섹스에 대한 "실용적인 지식"을 어덜트 비디오를 통해 얻으려는 노력을 하신다는 점, 페미니즘을 싫어하신다는 점, "페미니즘 운운하면서 책팔이하는 년"은 섹스에 대한 "실용적인 지식"을 갖고 있지 못할 거라 생각하신다는 점. 이렇게 많은 편협한 사고를 뇌에 저장하고 계시지만 고소당하는 상황은 예측하지 못한 모양이다. 은하선이 가끔 악플러를 고소한다는 사실을 알아서 홍보해주는 이런 분들이 계시는 덕분에 악플이 사라지진 않아도 줄어드는 효과가 자연스럽게 생겨나곤 한다.

고소당한 대부분의 악플러들은 놀랍게도 직접 만나서 사과하고 싶다, 통화로라도 사과하고 싶다는 의사를 전해왔다. 어떤 사람은 내가 운영하는 가게로 전화를 해서 죄송하다며 선처를 요구하기도 했다. 피해자가 시간을 내서 가해자를 만나 사과를 받아줘야 한다는 생각을 하다니. 이기적이다. 악플을 달 때의 그 당당함은 어디로 가버렸는지 알 수 없다. 가게에 와서 직접 사과 편지를 놓고 간 사람도 있었다. 한 사람에게서 사과 편지를 무려 10통 이상 받은 적도 있는데 10통째 편지를 받았을 때 고소하지 말 걸 그랬다는 생각이 들었다. 편지에는 자신의 불행했던 인생사가 빼곡히 적혀 있었고 진심 어린 사과 따윈 찾아볼 수도 없었다. 오로지 자기 변명을 위한 편지였다.

다른 사람 괴롭히기가 인생의 유일한 낙인 사람들을 멈추는 방법이 과연 있을까. 특별히 할 일이 없어서 심심하고 남는 에너지를 어떻게 써야 할지 알 수 없을 때 욕할거리를 찾아내 입과 손을 놀리는 사람들을 어떻게 멈출까. 이들은 심심한 데다가 집요하다. 시간과 에너지가 바닥을 보일 때까지 멈추지 않는다. 악플마다 댓글을 달면서 해명하고 다닐 수도 없는 노릇이고, 그들을 일일이 찾아가 술래잡기, 고무줄놀이, 말뚝박기를 하며 놀아줄 수도 없으니 그저 시간이 흘러가기를 기다리는 수밖에 없다. 인터넷상에서 말이 퍼지는 속도는 상상할 수 없을 만큼 빠르다. 악플은 악플을 부른다. 발 없는 말이 천 리를 간다는 옛말은 그냥 나온 게 아니다. 서울에서 뉴욕도 30초면 가능하다. '사이버불링'이라는 사이버상에서의 괴롭힘을 가리키는 신조어가 나올 정도고, 익명 기사에 등장한 인물의 '신상 털기'도 누리꾼들의 활약만 있다면 순식간인 세상이다.

이러한 시대에서의 욕은 단순하지 않다. 그냥 욕을 한다고 생각하면 오산이다. 사람들은 자신이 생각하기에 욕이 될 만한 요소들을 최대한 응축해서 타인을 공격한다. 바꿔 말하면 절대 듣고 싶지 않은 말을 총알로 만들어 사용한다는 뜻이다. 수많은 욕들 중에서도 유난히 빠르게 퍼져나가거나 많은 사람이 공유하는 것들이 있는데 그 안에는 대개 어떤 두려움이나 공포가 숨어 있고, 이는 대체로 사회적 소수자 차별과 맞닿아 있다. 욕은 사용하는 사람이 가지고 있는 두려움뿐만 아니라 사회적으로 어떤 차별과 혐오, 선입견이 만연한가를 보여주는 거울과 같은 존재다.

몇 가지 경우를 살펴볼까. 여성, 성소수자, 장애인 등 사회적 약자에 대한 혐오 글이 자주 올라오는 커뮤니티 '일베'에는 '갤럭시 보지의 소유자 은하선'이라는 글이 올라온 적이 있다. 처음에는 이해가 안 됐는데 찬찬히 읽어보니 그 뜻은 다음과 같았다. 은하선은 자위를 자주 한다 → 그렇다면 딜도를 비롯한 무언가를 자주 보지에 넣었을 것이다 → 넣었다 뺐다를 반복하다보니 분명 보지가 늘어났을 것이다 → 그렇다면 우주만큼 늘어난 보지를 가졌을 것이다. 이렇게 '갤럭시 보지'라는 칭호가 탄생했다.

그들의 생각이 어떤 근거로 뒷받침되었는지 단계별로 좀 더 천천히 따라가보자. 첫 번째, 자위란 섹슈얼한 매력이 없어 섹스할 상대를 찾지 못한 나머지 어쩔 수 없이 혼자 방에 쭈그리고 앉아 남몰래 하는 행위다. 두 번째, 섹스 대신 하는 자위란 삽입을 하지 않고는 성립되지 않으므로 뭐라도 삽입하여 자위를 할 것이다. 세 번째, 보지는 무언가를 삽입할수록 늘어나는, 탄성이 떨어지는 구조를 가지고 있기 때문에 자위를 많이 하면 늘어난다. 네 번째, 여성으로서 매력이 없는 은하선은 섹스 상대 찾기에 실패하고 넘치는 성욕을 주체하지 못해 자위를 많이 할 것이다. 이러한 과정을 거쳐 '갤럭시 보지'라는 단어를 만들어낸 그들은 아마도 은하선에게 성적 모욕을 줄 생각에 신이 났던 듯하다. 그런데 정작 당사자인 나는 마치 우주를 품은 여신이 된 듯해 기분이 좋았다. 갤럭시처럼 넓고 광활하며 반짝이는 보지를 가졌다면 얼마나 황홀할까. 만물을 품을 수 있는 따뜻함은 내가 언제나 갈망하던 것이다.

시적 형용을 접목해 악플 달기가 유행이었을 때는 은하선이라는 이름으로 삼행시를 짓는 사람들도 쉽게 찾아볼 수 있었다.

은 은꼴 은하선입니다
하 하고 싶나요?
선 선결제입니다

짧고 간결한 삼행시를 통해 글쓴이가 성판매 여성에 대해 어떤 생각을 가지고 있는지를 알 수 있다. 섹스에 대해서 말하는 여성은 섹스 제안에 언제든지 긍정적인 태도를 보여야 하고, 그로 인한 대가를 원해서는 안 된다는 사고방식이 잘 전제되어 있다.

은 은밀한 것을 더럽게 드러낸
하 하체를 만인 공유한 창녀

선 선명한 불법행위를 상고한다고 니 죄가 없어지지 않는다

“하체를 만인에게 공유한 창녀”라는 대목과 ‘더럽다’는 표현에서 섹스에 대한 글쓴이의 편협한 시각과 여성혐오적인 생각을 만나볼 수 있다. 사람들은 이런 글은 당연히 남성이 쓸 것이라 생각한다. 그래서 굳이 밝히자면 첫 번째는 남성이, 두 번째는 여성이 썼다. 두 번째 글의 경우 반동성애 기독교단체 진영에서 활발하게 활동 중인 활동가가 쓴 글인데 그분의 사회적 위치를 위해서 이름을 밝히지는 않겠다. 뻥이다. 내 아름다운 책에 그 더러운 이름을 올리고 싶지 않아서다.

또 다른 경우도 만나보자. ‘젠신병자’라는 욕이 있다. ‘트랜스젠더는 정신병자’라는 뜻을 가진 말로, ‘트랜스젠더’와 ‘정신병자’를 합쳐서 만든 이중 혐오적인 욕이다. ‘트랜스젠더’를 욕으로 쓰는 사람은 다른 사람에게 남성 혹은 여성 둘 중 하나로 보이지 않거나 자신이 트랜스젠더로 ‘오해’당하는 상황을 두려워할 것이다. ‘정신병자’를 욕으로 쓰는 사람도 마찬가지다. 정신질환에 대한 혐오를 가지고 있으니 정신질환자는 ‘비정상’이라고 여기며, 그러한 낙인이 찍히는 것에 대한 공포를 가지고 있을 확률이 높다. 이 두 가지 공포를 혼합하여 욕으로 쓴다는 건 본인은 ‘정신병자’도 ‘트랜스젠

더'도 아니라는 확고한 '믿음' 안에서 가능하다. 혐오는 두려움에서 온다. 자신과 타인을 나누고 그 사이에 존재하는 두려움이라는 간극을 채우기 위해 혐오를 한다. 내가 혐오하는 사람이 어쩌면 나와 다르지 않을지도 모른다는 생각은 두려움을 가져온다.

비슷한 맥락에서 '형'과 '언니'라는 단어를 합성한 '형냐'라는 단어도 있다. 형도 언니도 아닌 존재, 다시 말해 여자도 남자도 아닌 존재라는 의미다. 트랜스젠더는 '진짜 여성'이 될 수 없다고 생각하는 사람들은 트랜스젠더 당사자 혹은 트랜스젠더를 지지하는 사람들에게 '형냐'라는 단어를 비하의 표현으로 사용한다. 최근 나도 인터넷상에서 종종 '형냐'라는 욕을 들었다. 성소수자 혐오를 멈춰달라는 나의 외침에 은하선은 '진짜 여성'이 아닌 '형냐'라고 비난하고 나선 것이다. '진짜 여성'이라면 여성에게 진짜 안전한 존재일까. 여기서 진짜란 무엇일까. 내 보지를 제대로 본 사람은 나와 섹스를 했던 이들 혹은 산부인과 의사 혹은 나의 기저귀를 갈아주던 엄마다. 내 보지가 진짜인지 아닌지 알지도 못하는 이들이 나를 '형냐'라고 부르다니 아이러니다.

만약 내가 여성이 아닌 존재로 비춰지는 것에 대한 두려움을 가지고 있었다면 이 욕은 나를 더없이 고통스럽게 만들었을 것이다. 성기수술이나 호르몬요법을 두고 인공적이라며 '자연의 이치'를 외치시는 분들은 인간세계 자체가 인공적이라는 점을 간과하고 계신다. 라식수술도, 시험관 아기도, 혈압약도, 폴리에스테르 소재로 만든 옷도 전부 인공적인데 어째서 트랜스젠더를 인공적이라는 이유로 진짜가 아니라며 공격할까. 사람들은 혐오를 포장하기 위해 여기저기서 포장지를 가져오지만 혐오의 속내는 감춰지지 않는다.

욕을 해체해서 자원으로 만드는 취미를 가진 나에게 욕은 글의 소재가 될 뿐이다. 그러나 모든 사람이 나처럼 욕을 해체할 수 있는 에너지를 가지고 있지는 않다. '진짜 여성'과 '가짜 여성'을 나누는 사람들이 던지는 혐오를 견디지 못해서 죽음을 택하는 성소수자들이 존재한다. '젠신병자', '형냐'라는 단어를 쓰며 성소수자 혐오를 멈추지 않는 사람들은 특별히 괴물 같은 사람들이 아니다. 어디에나 존재하는 평범한 사람들이다. 그 사실은 나를 더 절망하게 만든다. 지속적인 악플로 여성 연예인이 죽음을 택했다는 기사에는 함께 분노하면서 '진짜 여성'과 '가짜 여성'을 나눠가며 트랜스젠더를 혐오하는 사람들을 보며 여러 가지 생각을 한다.

혐오는 개인을 상처 주고 끝나지 않는다. 내가 겪은 이 수많은 악플과 괴롭힘은 단순히 나만을 겨냥하지 않는다. 개인이 감당해서도 감당할 수도 없다. '겨우' 악플이 아니다. 웃고 넘기려고 해도 웃을 수 없는 이유다.

#클래식 음악계 내 성폭력

난 오보에를 전공했다. 오보에는 어떤 사람들에게 다소 생소한 악기다. 소리를 들으면 '아, 이게 오보에 소리였구나' 하고 생각하는 사람도 있겠지만, 처음 들어보는 소리라며 부는 악기인지 켜는 악기인지 묻는 사람이 대다수다. 오보에는 입으로 부는 악기다. 오른쪽으로 부는지 왼쪽으로 부는지 물어보는 경우도 있는데 앞으로 분다. 사실 양악기 관악기 중 플루트를 제외한 모든 악기가 앞으로 부는 악기다. 알아두면 유용하다.

오보에를 처음 만난 건 엄마와 함께 목관 5중주 연주를 보러 간 열한 살 때였다. 다섯 개의 각기 다른 목관악기 중에서도 오보에의 음색이 내 귀를 사로잡았다. 어떤 악기와도 비교할 수 없을 만큼 특별하고 맑은 소리에 빠져들었다. 그 뒤로 오보에와 함께 살았다. 오케스트라가 연주 시작 전 다 같이 음정을 조율할 때 기준이 되는 악기. 어떤 악기와 함께 연주해도 스스로의 색깔을 잃어버리지 않는 악기. 그 악기는 삶의 중심이 되었고 난 한참을 오보에 연주자를 꿈꾸며 살았다. 이렇게 쓰니 오보에에 관한 아름다운 글을 기대할지도 모르겠다. 미리 말하지만 이 글은 내가 오보에를 얼마나 사랑했는지를 말하는 글도, 그 악기가 얼마나 매혹적인 음색을 가졌는지에 대한 글도, 사람들에게 알려진 오보에 연주곡에는 어떤 것들이 있는지를 설명하는 글도 아니다. 이 글은 내가 겪은 클래식 음악계 성폭력에 대한 글이다.

처음 악기를 손에 쥔 건 초등학생 때였다. 오보에를 배워야겠다고 마음먹은 이후 한 선생님을 소개받았고, 리드를 입에 무는 법과 악기를 조립하는 법 등 기초부터 차근차근 배웠다. 그 이후 예중, 예고를 거쳐 대학에 진학할 때까지 같은 선생님에게 레슨을 받았다. 그리고 그 선생님에게 약 8년간 성추행을 당했다. 그 선생님이 레슨하던 곳은 많은 사람이 드나드는 장소였고, 밖에서도 안이 보이도록 방과 방 사이에 커다란 유리창이 있었다. 선생님은 학생들을 자신의 무릎에 앉혔고 만졌다. 누군가는 레슨이 끝나고 방을 나서면서 욕을 하며 울기도 했다. 그곳에 드나들던 사람들은 모두 알고 있었다. 그 눈물의 의미를.

나도 그 학생들 중 한 명이었다. 선생님은 옷 안으로 손을 집어넣어 몸 여기저기를 만졌다. 나는 대학에만 들어가면 신고해버릴 거라는 말을 입버릇처럼 달고 다녔다. 그러나 어떻게 해야 할지 알 수 없었다. 어딘가에 몰래 카메라라도 달아야 할지, 어떻게 증거를 수집할 수 있을지, 강간도 아닌 이 정도 일을 성폭력이라고 볼 수 있을지, 가르쳐주는 사람은 아무도 없었다. 다만 클래식 음악계에서 이렇게 학생들을 만지는 선생님이 여럿 있다는 말을 들을 수는 있었다. 이런 일은 비일비재하다는 사실, 아무도 제대로 문제삼는 경우는 없다는 현실 앞에서 난 그저 이 모든 일이 지나가기만을 기다릴 뿐이었다. 나를 가르치던 선생은 음악 하는 사람들 사이에서도 유명한 '변태 선생'이었다. 그러나 학생들을 좋은 학교에 잘 보내는 '유능한 선생'이기도 했다. 유능함이라는 수식어 앞에서 변태라는 수식어는 '스킨십을 특별히 좋아한다'는 정도의 말로 순화되었다. 학생들은 더 늘어나면 늘어났지 줄어들지 않았다.

시간은 흘러 어느새 난 대학에 입학했다. 대학에 들어가면 신고해버리겠다는 결심을 실행할 만큼의 용기는 나에게 있지 않았다. '평범한' 대학생활을 하고 싶은 마음이 더 컸기 때문이다. 선생님을 다시 만나지 않는다면 가능할지도 모른다고 생각했다. 하지만 예상하지 못한 위기에 직면하고 말았다. 대학에 들어가서도 그 선생님과 계속 만나야 하는 상황이 생긴 것이다. 선생님은 내가 입학한 대학에 강사로 재직하고 있었고, 내가 당연히 자신에게 레슨을 받을 거라고 생각했다. 벗어날 수 없다는 현실이 암담했으나 할 수 있는 일이 없었다. 이제 다른 선생님에게도 배우고 싶다는 말로 나의 의견을 소심하게 전달했다. 선생님은 내가 그렇게 하면 자신이 이 학교에서 더 이상 강사를 못할 수도 있다고 말했다. 자신에게 배우는 학생이 있어야 학교에 남아 있을 수 있기 때문에 내가 자신에게 배우기를 바란 것이다. 음악대학의 구조상 매해 목관악기 하나당 입학 가능 인원은 두 명 정도에 불과하기 때문에 내가 누구에게 배우는가는 그 선생님에게 중요한 문제였다. 하지만 일은 내가 원하지 않는 또 다른 방향으로 흘러가버렸다.

지금은 엑스, 페이스북, 인스타그램 등 다양한 SNS가 있지만 당시에는 거의 모든 사람이 싸이월드 미니홈피를 가지고 있었다. 그곳을 사람들은 글도 쓰고 사진도 올리면서 자기만의 공간으로 꾸몄다. 나도 미니홈피를 가지고 있었다. 일기도 쓰고 사진이나 예전에 썼던 글도 올리며 나를 아카이빙하는 공간으로 사용했다. 그런데 바로 그 미니홈피에 써두었던 글 하나가 학교 전체에 퍼졌다. 그 글은 음악대학 내의

폭력적인 선후배 문화를 비판하기 위해서 쓴 글이었다. 내가 입학한 대학에는 전통이라는 미명하에 신입생들을 괴롭히는 '상견례'라는 문화가 존재했다. 학교생활을 잘하기 위해서는 반드시 통과해야 하는 관문으로 여겨지는 문화였다. 유서 깊은 문화를 비판했기 때문일까. 그 글이 퍼진 이후 음대 학장에게 불려갔다. 너 같은 애들이 학교를 망신시킨다는 말도 안 되는 모욕 앞에서 내가 할 수 있는 일은 없었다. 그 글이 퍼지면서 나를 만지던 선생님이 학교를 그만두게 되었는데, 문제를 문제라고 말하지 않는 사회를 지적하면서 내가 겪은 성추행을 함께 적었기 때문이다. 글이 퍼진 지 하루 만에 일어난 일이었다. 선생님이 학교를 그만둔 것은 아마도 소문이 나기 전에 어떻게든 빨리 덮기 위해서였을 것이다. 학교에는 그 선생님과 친분이 있는 교수들이 있었다. 교수들은 나를 불러 협박과 회유를 했다. "원하는 게 뭐냐", "지금까지 가만히 있다가 왜 이러는 거냐"라는 질문에 시달렸다. "앞으로 계속 음악을 할 수 있을 것 같으냐"는 유치한 말도 빠지지 않았다. 괴롭힘은 거기서 그치지 않았다. 가해자는 나로 인해 강사 일을 그만두게 됐다며 명예훼손으로 고소했다.

지금의 난 명예훼손 고소 정도야 무시할 수 있을 정도의 담대함을 가졌지만 그때는 달랐다. 아직도 생생하다. 전화가 와서 받아보니 엄마가 빨리 집으로 들어오라며 다급한 목소리로 말했고, 난 큰일이 생겼나 싶어 최대한 빨리 집에 들어갔다. 집에는 나를 명예훼손으로 고소하겠다는 내용증명이 와 있었다. 그 얇은 종이 뭉치를 집어들고 세상이 끝난 것처럼 울었다. 억울하고 분했다. 피해자는 나인데 명예훼손으로 고소하겠다는 그 뻔뻔함이 나를 두렵게 만들 수 있다는 현실이 억울해서 눈물이 멈추지 않았다. 세상에 혼자 남겨진 기분이었다. 증거는 오직 나의 말뿐인데 아무도 내 말을 믿어주지 않을지도 모른다는 생각이 들었다.

정신을 놓다시피 한 나를 대신해 엄마는 성폭력 상담소를 알아봤다. 당시의 난 엄마에게 '그런 곳에서 이런 단순한 일은 도와주지 않는다'고 말할 정도로 성폭력에 무지했다. 성폭력 피해자였으나 내가 당한 일이 어느 정도로 심각한 일인지 인지조차 하지 못하는 상태였다. 8년이란 긴 시간이 나를 성폭력에 '익숙해지도록' 만든 것이다. 선생님은 내가 콩쿠르나 학교 실기시험에서 좋은 성적을 받아오면 더 만졌고, 좋지 않은 성적을 받아오면 만지지 않았다. 선생님이 나를 만지는 게 정말 싫으면서도, 미움을 받는 것도 싫었기 때문에 언제나 혼란스러웠다. 이런 걸 아동 청소년 성폭력 사건에서 자주 볼 수 있는 길들이기, 즉 '그루밍 범죄'라고 부른다는 것도 그때는 전혀 몰랐다. 성폭력 상담소에서 상담을 받고 오랫동안 나의 '선생님'이었던 그를 성폭력 가해자로 고소했다. 그러나 증거는 나의 일기장이나 말뿐이었기 때문에 쉽지 않았다.

내가 다니던 학교에서는 '선생님은 잘못이 없다. 은하선이 미친년이다'라는 요지의 탄원서가 서명을 모으며 돌았다. 같이 배우던 학생들은 경찰 조사에서 "딸 같아서 만지신 걸 왜 그렇게 해석하는지 모르겠다"고 입을 모아 증언했다. 선생님은 내가 크리스마스 때 보냈던 카드까지 증거로 제출하며, 자신이 그런 짓을 했다면 이런 카드를 보냈겠냐고 항변했다. 나에게 유리한 증언을 해주는 사람을 만나기란 어려웠다. 오히려 왜 레슨 갈 때 단정한 옷을 입지 않았냐며 나를 나무라기까지 하는 사람도 있었다. 그나마 응원해주던 사람들은 가해자가 어딜 만졌는지 자세히 듣고 싶어 했다. 학교를 다니는 와중에 길고 긴 열두 시간 대질심문을 받기도 했다. 한 말을 또 하고 또 했다. 그사이 휴학 한 번 하지 않고 멀쩡하게 학교를 다니는 나는 성 상납을 한 주제에 피해자인 척 연기하는 '꽃뱀'이 되어 있었다. 자신을 가르쳐준 선생님에게 은혜를 원수로 갚는 호랑이 새끼였다. 남 말하기 좋아하는 사람들은 사건을 부풀리고 자기 멋대로 해석했다. 사건은 검찰 기소되었고 정식 재판으로 넘어가 1심까지 진행되었으나 선생님은 건강이 좋지 않다면서 한 번만 용서해달라고 빌었고, 당시에는 성폭력 사건이 친고죄였기 때문에 중간에 합의하면서 종결되었다.

성폭력 폭로 운동인 미투가 뜨겁게 일어난 2018년, 난 2009년 1심이 진행된 이 사건에 대한 글을 올렸다. 지금 생각해보면 처음 폭로 글을 올리고 대처했던 20대 초반의 나도 꽤나 깡이 있는 멋쟁이였으나, 터널을 지나오고 나서는 그때와 비교가 되지 않을 정도로 강해졌기 때문에 다른 누군가에게 힘이 되고 싶었다. 문화계 내 성폭력이 하나둘씩 드러나는데 왜 클래식 음악계는 유독 조용한지 궁금했다. 성폭력이 드러나지 않는 곳은 성폭력이 없는 곳이라서가 아니라 그만큼 더 성폭력을 드러내기 어려운 곳이기 때문이라는 사실을 내가 겪은 일을 통해 말하고 싶었다. 하지만 어떤 사람들은 이런 생각을 읽기보다 그래서 가해자가 누구인지 어서 말하라고 재촉했다. 자신의 성폭력 피해 경험을 말하는 사람이라면 당연히 가해자의 인생을 망치려는 의도이리라 여기는 걸까. 심지어 누군가는 내가 가해자의 실명을 밝히지 않으면 다른 피해자가 생기도록 방관하는 거나 마찬가지라는 댓글을 달기도 했다. 성폭력의 책임을 가해자가 아닌 피해자에게 돌리다니 놀라운 발상이었다. 가해자의 실명을 알게 되면 뭘 할 수 있으며 뭘 하려고 하는지 궁금할 정도였다. 긴 시간 동안 달라진 것이 있다면 사람들의 인식이었고, 달라지지 않은 것이 있다면 그 또한 사람들의 인식이었다.

내가 쓴 글에 자신의 친구를 태그해서 “너도 조심해”라고 말해주는 사람들도 있었는데 그들 또한 성폭력에 대한 달라지지 않은 인식을 보여주는 좋은 예였다. 과연 나는 조심하지 않아서 그런 일을 겪었을까. 무엇을 조심할 수 있었을까. 오보에 연주를 보러 가지 말아야 했을까. 오보에 소리에 반하지 말아야 했을까. 음악을 시작하지 말아야 했을까. 소개받은 그 선생님이 아닌 다른 선생님을 찾아야 했을까. 레슨을 받으러 갈 때 최대한 맨살이 보이지 않도록 긴 옷을 입고 가야 했을까. ‘조심’이라는 단어 자체가 결국은 피해자에게 원인을 돌리는 말이라는 걸 굳이 생각할 필요가 없는 위치의 사람들이 난 부럽다.

미투 이후, 선생님이자 성폭력 가해자였던 그는 내가 전공한 악기와 졸업한 학교가 밝혀져 있으므로 이는 곧 자신의 신상을 공개한 것이나 다름없다며 나를 명예훼손으로 고소했다. 두 번째 고소였다. 가해자가 특정되지 않는다는 점과 공익성이 인정되어 혐의 없음 처분을 받았다. 그런데 그는 거기서 그치지 않고 8000만 원 손해배상 청구 민사소송을 다시 걸었다. 돈을 뜯어낼 생각이었을까. 아니다. 내 입을 틀어막고 싶었던 것이다. 검찰을 통해 내가 앞으로 이 일에 대해서 강의나 책 등을 통해 언급하지 않는다는 조건하에 민사를 취하할 생각이 있다는 입장을 전한 걸 보면 말이다. 그가 민사소송을 건 덕분에 난 10년 전에 멈춰 있던 여러 자료들을 받을 수 있었다. 두툼한 자료 속에 나를 부도덕하고 성적으로 문란한 사람으로 묘사한 진술서와 연서명이 있었다. 서명한 이들의 이름을 하나하나 소리내어 읽어보았다. 그들의 삶이 괴로워지길 바라며 저주의 기도를 드리고 싶었으나 마음의 화가 더 커지기 전에 종이를 덮었다.

민사소송은 내가 승소했다. 법원에서는 8000만 원 손해배상을 청구한 사건을 기각하며 소송비용은 소송을 걸었던 '선생님'이 부담하라고 판결했다. 판결이 나던 날 아침, 법원에 가기 위해서 옷을 입으며 불안한 표정을 짓지 않기 위해 거울에 얼굴을 여러 번 비추어봤다. 파트너와 함께 손을 잡고 판결을 기다리면서 여러 가지 시나리오를 떠올렸다. 그래도 일부 나에게 부담하라고 하면 어쩌지. 그렇게 된다면 지난 일을 끄집어낸 스스로를 원망하게 될까. 그렇게 되더라도 마음의 짐을 조금이나마 내려놓은 스스로를 응원할 수 있을까. 알 수 없었다. 파트너의 손은 따뜻했고, 긴장 탓인지 조금 땀이 묻어났다. 긴장을 놓을 수 없었다. 마침내 판사가 내 이름과 사건번호를 부르며 사건 결과를 말했을 때, 울음이 터져나왔다. 기쁨인지 슬픔인지 알 수 없는 기분으로 그곳을 빠져나왔을 때 기자 몇 명이 다가와 심정이 어떤지 물었다. 오늘따라 법정에 사람이 많다고 생각했는데 그들이 내 사건 결과를 보러 온 기자들이라곤 생각하지 못했던 터라 당황했다. 난 이 사건 결과가 잘 나와서 기쁘기도 했지만, 다른 성폭력 피해자들에게 좋지 않은 선례가 될까봐 걱정했던 게 해소되어서 다행이라는 마음이 더 컸다. 횡설수설하며 그러한 심정을 말했는데 잘 정리되어 기사가 나갔다. 민사에서 승소했다는 기사가 여러 언론에서 약 20건가량 나왔지만, 가해자의 신상은 철저하게 보호받았다. 댓글창에서는 여전히 내가 합의금까지 받아놓고도 관심받고 싶어서 안달인 '꽃뱀'으로 존재했다. 판결도 그들의 생각을 바꾸지 못했다.

가끔 생각한다. 당시에 그 선생님을 두둔하며 그에게 유리한 증언을 하던 사람들은 어떻게 살고 있을까. 탄원서에 자신의 이름을 적으면서 무슨 생각을 했을까. 앞으로 음악을 하려면 어쩔 수 없다는 생각 때문에 그랬을까. 아니면 정말 나를 '꽃뱀'이라고 봤던 걸까. 나를 협박하던 그 선생님의 친구들과 학생들은 행복한 인생을 살고 있을까. 울면서 레슨실을 나왔으면서도 아무 말도 하지 않았던 사람들은 이제는 그 기억들을 전부 잊었을까. 얼마나 많은 피해자가 두려워서 말하지 못하고 있을까, 얼마나 많은 사람이 알면서도 모르는 척하며 살아가고 있을까. 시간이 흘렀어도 너무나 그대로인 현실 속에서 나의 경험을 털어놓는 것 외에 무엇을 또 할 수 있을까.

기사에 달린 댓글들을 읽으며 달라지지 않는 세상을 직시하고, 지난 20년간의 싸움이 고스란히 담긴 판결문을 읽으며 앞으로 나아갈 힘을 얻었다. 판결문의 마지막 부분에는 “가해자의 명예가 피해자의 말할 권리보다 더 보호받아야 할 법익이라고 평가하기 어렵다”는 문장이 명시되어 있었다. 나의 목소리가 존중받은 것이다. 최초 피해는 초등학생 때였다. 피해자로 ‘인정’받기까지 20년이 넘는 시간이 걸렸다. 그리고 이 사건의 판결은 전국성폭력상담소협의회 2020년도 성폭력 수사 재판 과정에서의 인권 보장을 위한 시민감시단 디딤돌 10건 중 하나로 선정되었다.

미투
진짜 맞아요?

아침부터 전화가 한 통 왔다.

"기사에서 봤는데, 미투 진짜 맞아요?"

무슨 소린가 싶어서 잠깐 아무 말도 하지 않고 휴대폰을 귀에 댄 채로 가만히 있었다. 어이없기가 도를 넘어서면 뇌가 잠시 일을 멈춘다.

"여보세요? 미투 진짜 아니죠? 여보세요?"

나의 미투가 진짜인지 가짜인지 확인하기 위해서 누군가 굳이 전화를 한 것이다. 대부분의 가게가 그렇듯 내가 운영하는 가게도 고객들을 위해서 전화번호를 공개해두었다. 포털사이트에 은하선을 검색하면 자동으로 내가 운영하는 섹스토이숍 은하선토이즈가 나오고 전화번호도 쉽게 찾을 수 있다. 상대는 그 번호로 미투가 진짜지 가짜지 묻기 위해 연락한 것이다.

2018년 성폭력 고발운동 미투가 뜨겁게 한국사회를 달군 이후, 내가 겪었던 성폭력 피해에 대해 페이스북에 글을 올렸고, 그 후 언론을 통해 관련 기사가 나왔다. 혹시 그 기사를 보고 연락을 했나 싶어서 몇 가지 질문을 했더니 역시나 기사를 보고 연락했단다. 미투가 진짜냐는 질문에 굳이 답해야 할 이유를 찾지 못해서 전화를 끊었다. 전화는 끊었지만 생각은 끊이지 않았다. 이럴 때 난 내가 아닌 내가 되는 기분을 느낀다. 상대방은 아무 생각 없이 그야말로 심심해서 전화를 했을 텐데 그 찰나의 순간이 가시가 되어 마음에 박힐 때, 잠시 길을 잃는다. 농담처럼 받아치고 싶지만 단순하게 넘길 수 없다. 궁금하다고 무작정 전화를 걸어서 물어볼 정도로 성실한 사람이 왜 성폭력 말하기의 역사에 대해서 찾아볼 생각은 안 했을까. 포털사이트 검색 몇 번이면 한국이라는 땅에 언제 처음으로 성폭력 상담소가 생겼는지 알 수 있다. 성폭력 상담소가 왜 생겼을까. 성폭력 피해자들이 자신의 피해를 말하기 시작했으니 생겼을 것이다. 그렇다면 피해자들은 왜 피해를 경찰서가 아닌 상담소를 찾아가 말하기 시작했을까. 경찰서에 가는 걸로 해결되지 않는 지점들이 있었기 때문이다. 그렇다면 왜 성폭력 상담소도 있고 경찰서도 있는 지금, 수많은 여성들이 성폭력 피해를 말하며 미투를 외쳤을까. 성폭력 피해자를 무작정 꽃뱀으로 모는 현실 속에서, 별것도 아닌 걸 가지고 성폭력이라며 축소시키는 현실 속에서 여성들이 하지 못한 말들이 계속 쌓여온 것이다. 그렇게 쌓여만 왔던 말들이 한꺼번에 터진 게 바로 미투다.

성차별을 말할 때 성폭력 사례를 들고 오면 많이 듣는 소리가 있다. 그런 극단적인 사례 말고 우리 주변에서 쉽게 찾을 수 있는 예시로 이야기해달라는 소리. 미투는 성폭력 피해가 특별하고 극단적인 일이 아니라 오히려 '평범'하고 '보편적'인 모두의 이야기임을 드러냈다. 나만 그런 일을 겪은 줄 알고 조용히 살던 사람들은 터져나오는 말들에 힘을 얻고 자신의 말을 할 수 있었다. '말하기'는 살아가기 위한 힘을 얻는 방법이었다. 말은 다른 피해자와의 연결고리, 세상과의 연결고리가 되었다.

찾아보고 싶지 않고 알아보고 싶지도 않은, 결국은 아무것도 궁금하지 않은 사람이 전화를 해왔다. 그리고 나는 그 전화 때문에 머릿속이 복잡해진다. 어떻게 괴롭혀야 할까. 잠시 생각하다가 1분에 한 번꼴로 그 사람에게 성폭력 관련 기사를 보냈다. 몇 시간이 지난 후 답장이 왔다. "잘 알아보지 않고 연락해서 죄송합니다." 나의 하루는 지나갔고 남은 건 아무것도 없었다. 그런 사과 따위가 망가진 기분과 사라진 시간을 보상해줄 리 없다.

성폭력 피해자가 자신의 피해를 직접 증명하도록 만드는 세상은 피해자를 꾸준히 괴롭힌다. 마치 피해자의 삶이 성폭력을 통해 무너져내리길 바라는 것처럼 말이다. 나에게 진짜 미투인지를 묻는 사람들은 그 기자 이후로도 꾸준히 나타났다. 어떤 사람은 끈질기게 이메일을 보내며 사건 기록을 공개하라고 요구하기도 했다. 듣기를 거부하고 존재를 지워가며 그들이 얻는 건 무엇일까. 애초에 무엇을 위한 의심이란 말인가. 여러 인터넷 남초 커뮤니티에서도 은하선의 미투는 가짜 미투라는 식의 글을 쉽게 찾아볼 수 있었다. 그들의 주장은 단순하고 일관되었다. 그 일관된 주장은 나뿐만 아니라 성폭력이 만연한 이 사회에서 살아가는 다른 피해자들에게 쏟아지는 편견의 시선과 정확하게 일치했다. 나의 미투가 진짜가 아니라고 생각한 이들의 주장은 크게 네 가지 근거를 가지고 있었다.

첫 번째, 은하선이 만약 '진짜' 성폭력 피해자라면 이렇게 멀쩡하게 살아 있을 리 없다. 그게 '진짜'라면 벌써 미쳐버리거나 자살했을 텐데 활발하게 나불거리고 있지 않은가. 이는 피해자를 피해자로만 머물도록 만들기 위한 전형적인 주장이다. 얼마 전 우연히 만난 한 변호사는 내가 방송에서 성폭력 사건에 대해서 말할 때 내 경험이 아니라 다른 사람의 일을 가져와서 이야기하는 줄 알았다고 말했다. 왜 그렇게 생각했느냐고 묻자 말도 잘하고 너무 밝고 긍정적으로 보여서 그런 일을 직접 겪은 사람이라는 생각을 못했다는 대답이 돌아왔다. 많은 성폭력 피해자를 만나왔던 변호사도 성폭력 피해자에 대한 일종의 '선입견'을 가지고 있었던 것이다.

내가 잘 살고 있는 게 성폭력 피해자라는 것을 입증할 수 없는 이유라면, 죽기라도 해서 성폭력 피해를 입증해야 한다는 말일까. 실제로 미투 이후 언론에 여러 번 등장했던 성폭력 사건들의 기사 밑에는 한동안 '장자연 사건이나 도와줘라', '장자연 사건에나 관심 가져라', '장자연 사건은 진짜 미투지만 이건 가짜 미투다'라는 식의 댓글이 달렸다. 처음에는 이게 도대체 무슨 소리인가 싶었다. 다 같은 성폭력 사건인데 이건 진짜 저건 가짜라고 나눌 수 있는 권한이 본인에게 있다고 믿는 것인가. 설마 나도 모르는 사이에 국가공인 미투 감별사 자격증이라도 생겼나. 별의별 생각이 다 들었다. 그러다가 문득 깨달았다. 장자연 배우는 성폭력 피해 이후 젊은 나이에 스스로 죽음을 택한 사람이었다.

두 번째, 은하선은 섹스 칼럼니스트다. 여성이 섹스를 말하기 쉽지 않은 한국사회에서 섹스에 대한 글을 쓰는 여성은 '관심종자', 즉 관심받기 위해 난리 블루스를 추는 인간이다. 섹스와 폭력이 다른 개념이라는 걸 이해하기 어려워하는 사람들은 섹스와 폭력을 뒤섞는다. 성폭력을 폭력이 아닌 섹스라고 이해하는 사람들은 성폭력을 성문제 혹은 성추문이라고 부른다. 가해자는 섹스가 너무 좋아서, 성욕을 참지 못해서, 섹스에 미쳐서 어쩔 수 없이 성폭력을 가한 사람이 되어버린다. 가해자의 존재가 더 드러날수록 피해자는 작아진다. 피해자는 성폭력 피해 이후에 트라우마를 겪거나, 섹스는커녕 사회생활도 하기 힘들어진 사람으로 그려진다.

기사나 텔레비전 프로그램에서 성폭력 가해자의 성적 페티시를 다루는 걸 볼 때 답답한 이유도 여기에 있다. 마치 가해자를 이해라도 하려는 듯 자세하게 가해자의 성적 '취향'을 다루는 언론을 보면 또 다른 가해자를 만난 기분이 든다. 가해자의 취향까지 챙겨주는 세상에서 피해자는 어떻게 될까. 피해자는 더 이상 섹스를 좋아할 수도 싫어할 수도 없는 사람으로 남아야 한다. 피해 사실을 말하기 위해 그 상황이 얼마나 불쾌했는지 설명하면 할수록 폭력을 경험하고도 살아남은 생존자가 아니라 섹스를 싫어하는 사람이 되어버린다. 성폭력 피해를 겪었다는 말과 섹스를 좋아한다는 말은 양립 불가능한 것처럼 여겨진다. 멀쩡하게 살아 있다면 성폭력 피해자가 아닐 것이라는 주장과도 연결되는 말이다.

세 번째, 진짜라면 경찰서에 갔겠지 왜 페이스북에 글을 쓰겠나. 괜히 미투 이런 거 하지 말고 법적으로 해결하라는 것이다. 과연 그럴까. 경찰서에 가면 다 해결될까? 법적으로 해결되면 피해자는 피해에서 벗어날 수 있을까. 피해자라는 사실을 밝히기만 해도 '꽃뱀'이라는 꼬리표가 따라붙는 사회에서 피해자는 오히려 자신이 겪은 일을 없던 일로 묻어버리고 가기도 한다. 때로는 본인이 겪은 일을 성폭력이 아닌 '몹쓸 일' 정도로 축소시키기도 한다. 미투 이후에 어떤 여성들은 생각해보니 오래전 자신이 겪었던 일이 바로 성폭력이었다고 고백했다. 사회적인 분위기의 변화 속에서 경험과 기억은 다르게 쓰인다. 말할 수 있는 분위기에서만 나올 수 있는 말이 있다. 그러나 말을 안 하다가 했다는 이유로 거짓말쟁이로 몰리곤 한다. 성폭력 피해자에 대한 특정 이미지가 강하게 존재하는 사회에서 피해자는 어떻게 될까. 성폭력 피해자라면 충격에서 헤어나오지 못하고 절망의 구렁텅이 저편에서 괴로워하고 있어야 하는데, 그렇게 되면 신고할 수가 없다. 피해자가 죽으면 사건 수사는 어려워진다. 피해자가 '미쳐'버린다면 조사받기가 쉽지 않다. 성폭력 사건은 피해자의 진술이 증거가 되는 경우가 많다. 그러나 충격에 빠져 '미쳐버리는 바람에' 일관된 진술을 하지 못하면 거짓 진술이라는 이야기를 듣고, '미치지 않고' 일관된 진술을 하면 어떻게 성폭력 피해자가 그렇게 멀쩡할 수 있느냐는 이야기를 듣는다. 그럼 도대체 어떻게 해야 할까. 충격에서 벗어나지 못해서 정신을 놓았음에도 일관되고 차분한 진술을 하며, 삶을 송두리째 빼앗겨 절망 속에서 괴로워하면서도 경찰 조사에는 성실하게 임하는 성폭력 피해자가 진짜 미투로 인정받는 사회. 이런 사회에서 '진짜 미투'는 존재할 수 있는가.

네 번째, 성폭력 피해자라기에 은하선은 충분히 예쁘지 않다. 이 문장은 이해가 잘 안 되실지 모르니 설명을 덧붙이겠다. 내가 얼마나 예쁜지를 설명하겠다는 의미는 아니니까 오해는 마시길. 성폭력이란 성적인 욕구를 '해소'하기 위해서, '성욕을 참지 못해서' 행하는 것이라고 생각하는 이들이 보기에 성폭력 피해자란 성적인 욕구를 불러일으킬 만큼 예뻐야 한다. 예쁘지 않은 여성은 성폭력의 피해자가 될 수 없다. 그리하여 성폭력이란 성적 매력이 넘치는 예쁜 피해자가 밖을 돌아다녔기 때문에 일어나는 일이 된다. 왜 짧은 치마를 입었어. 왜 그렇게 짙은 화장을 했어. 왜 그 시간에 밖을 돌아다녔어. 왜 술을 마셨어. 피해자에게 원인을 돌리는 방식은 수없이 많다. 다시 정리하자면 그런 그들이 보기에 나는 '성폭력을 당할 만큼' 섹시하거나 예쁘지 않기 때문에 피해자가 될 수 없다. '성폭력을 당할 만큼 예쁘지 않다'는 건 대체 무슨 뜻인가. '예쁜' 여성은 언제든지 성폭력 피해자가 될 수 있다는 뜻인가. 외모로 성폭력 피해의 진위를 가리기라도 하겠다는 뜻인가. '예쁘다'는 평가를 내리는 이들은 누구란 말인가. 진짜 피해자가 되기 위해서 외모를 가꾸기라도 해야 하는 것인가. 아니지, '예뻐질수록' 성폭력 피해자가 될 가능성이 높아지니 적당히 예쁘라는 것인가. 어느 장단에 춤을 춰야 할지 알 수가 없다. 얼굴을 드러내고 활동하기 시작한 이후 난 끊임없이 외모 평가를 받아왔다. 한 포털사이트에는 은하선의 연관 검색어로 '은하선 다리'가 뜬다. 혹여나 사건의 원인이 자신에게 있지 않을까 성폭력 피해자들이 끊임없이 스스로를 검열하며 죄책감에 시달리도록 만드는 것은 누구를 위한 일인가.

왜 15년도 더 지났는데 잊지 못하고, 다 끝난 이야기를 아직도 꺼내고 있느냐고 물을지도 모르겠다. 왜 그럴까. 아침에 눈을 뜨기 무서울 정도로 터져나오는 유명인 성폭력 가해 기사를 보면서 누군가는 "여자들이 마음먹고 남자들 엿 먹이려고 작정을 했네"라고 생각했을 것이다. 그것이야말로 성폭력 말하기의 오독이다. 성폭력 가해자의 인생을 망친 건 성폭력 가해자 본인이다. 피해자가 입을 열어서 망해버린 인생이라면 이미 그 전부터 망했다고 보는 게 맞지 않을까. 원인과 결과를 확실히 하자. 미투의 물결 속에는 이제는 너무 오래되어버린, 법적으로 어떠한 책임도 물을 수 없는 일들을 입 밖으로 꺼낸 사람들도 있었다. 다른 성폭력 피해자의 손을 잡기 위해서 말하는 사람들도 있었고, 스스로 털어놓고

치유받기 위해서 말하는 사람들도 있었다. 다시 말하지만 미투의 핵심은 말하기의 힘이었다.

한때는 생각했다. 만약 내가 섹스 칼럼을 쓰지 않았다면 그들이 내 말을 믿었을까. 의미 없다. 섹스 칼럼을 쓰지 않았다면 섹스 칼럼니스트 은하선은 존재하지 않았을 테니까. 섹스 칼럼을 쓰지 않는 수많은 성폭력 피해자들이 '가짜' 취급을 당하고 있는 게 현실인데 내가 섹스 칼럼을 쓰지 않았다면 어땠을지 생각하는 게 무슨 의미가 있겠는가. 가짜와 진짜 나누기 놀이를 하는 사람들은 세상이 바뀌기를 바라지 않는다. 그저 멀리서 바라보면서 심판관 놀이를 하고 싶은 것뿐이다.

결국 죽거나 미치지 않으면 '진짜' 성폭력 피해자가 될 수도 없는 사회다. 그러나 우리는 알고 있다. 죽는다고 있었던 일이 사라지지 않으며, 미친다고 삶이 끝나는 것도 아니다. 미치더라도 삶을 지속할 권리가 우리에게는 있다. 우리는 많은 여성들의 죽음의 이유를 잊지 않았다.

네,
잠재적 가해자
아니신 거
잘 알겠고요

성폭력이 만연한 현실에 대해 말하면 언제나 돌아오는 말이 있다. '남성들을 잠재적 성범죄자 취급하지 말라'는 말이다. 성폭력은 일부 남성들이 저지르는 것인데 왜 일부 사건을 가지고 와서 '선량한' 남성 일반을 전부 성범죄자로 취급하냐는 뜻이다. 그런 말을 들을 때마다 의문이 생겼다. 도대체 '남성들은 잠재적 성범죄자'라는 말이 어디에서 나온 것인가? 성폭력의 심각성을 이야기하는데 왜 남성들은 '남성들을 잠재적 성범죄자 취급하지 말라'는 말을 하는가? 독심술이라도 해서 내 마음을 읽었다고 우기더라도 애초에 난 모든 남성을 잠재적 성범죄자로 생각한 적이 없다. 성폭력 가해자의 약 95퍼센트가 남성이긴 하지만 말이다. 어쨌든

이 무거운 현실을 받아들이지 못해 자신을 '잠재적 성범죄자 취급하지 말라'며 분노하고 있는 남성들.

그들은 알까. '잠재적 가해자'라는 말은 성범죄자 신상 공개에 찬반 논란이 있던 2000년대 초반 등장했다는 사실을 말이다. '잠재적 가해자'라는 표현은 성범죄 재범률을 낮추기 위해 성범죄자 신상 공개가 필요하다는 주장 아래서 등장한 표현이다. 즉, 성범죄를 저지르지 않았다면 잠재적 가해자가 될 수 없다. 그렇다면 왜 '일반' 남성들까지 잠재적 가해자 취급을 했다며 분노를 표하는 것일까. 결국 남성이 가해자인 성범죄 사건이 이슈가 될 때마다 '같은 남성'이라는 단순한 이유만으로 가해자에게 감정이입하고 있는 것이다. '가만히 있는 나를 감히 잠재적 성범죄자 취급했다'고 결론 내리는 이들이 간과하고 있는 부분이 있다. '잠재적 성범죄자'는 성범죄 가해자가 될 수 있는 가능성을 가지고 있다는 의미이기도 하지만 성범죄를 저지르지 않았다는 뜻이기도 하다. 그렇다면 간단하다. 영원히 성범죄를 저지르지 않으면 된다. 여성도 성범죄의 가해자가 될 수 있다는 말을 듣고 잠재적 성범죄자 취급을 당했다며 분노하는 여성은 없다. 그렇다면 분노는 어디에서 오는 걸까. 남성인 자신이 의심을 받거나 피해를 당하고 있다면, 그건 다른 많은 성범죄자 남성들 때문이지 피해자들 때문이 아님에도 그들은 왜 억울함을 엉뚱한 곳에 표출하는 걸까.

돈을 뜯어가려는 목적으로 거짓말을 해 피해자인 척한다는 의미로 '꽃뱀'이라는 단어를 즐겨 쓰는 것도 억울함을 엉뚱한 곳에 표출하는 방식이라고 볼 수 있겠다. 그런 말을 듣고 싶지 않으면 꽃뱀짓을 안 하면 되는 거 아니냐고? 과연 그럴까. 꽃뱀이라는 단어가 쓰이는 다채로운 상황들을 보면 꽃뱀이라는 낙인에서 자유로울 수 있는 여성이 얼마나 될까 싶다. 연인관계에서 더치페이를 하지 않고 남자가 더 많은 돈을 내게 했다는 이유로, 고가의 선물을 받아놓고 헤어지자고 했다는 이유로, 성폭력 피해자가 거액의 합의금을 받았다는 이유로, 피해자는 가해자가 되고 사기꾼이 되고 꽃뱀이 된다. 꽃뱀일지도 모른다며 의심받고, 말해도 믿어주지 않을 거란 불안감 앞에서 성폭력 피해자들은 말하기를 주저하게 된다. 그럼 돈을 받지 않으면 되는 거 아니냐고?

성폭력 사건이 일어났을 때 합의금 얘기를 꺼내는 건 가해자 쪽이다. 가해자는 어떻게든 자신이 저지른 사건을 무마하기 위해 돈을 내민다. 이 돈으로 합의가 이뤄지지 않았을 때 괴로워지는 쪽도 가해자다. 피해자는 피해를 입었다. 가해자는 무엇을 잃었는가. 명예? 스스로 훼손한 명예를 어디서 찾고 있는지 모르겠다. 진정한 사과가 이뤄진다고 해도 이는 가해자에게 어떠한 타격도 입히지 않는다. 아무것도 잃지 않고, 진정성을 증명할 길 없는 사과 정도로 마음의 평화까지 얻고자 하는 가해자의 사정까지 피해자더러 고려해주라는 것인가. 내 코가 석 자인데 내 코를 석 자로 만든 사람의 사정까지 어떻게 고려하나. 피해자한테 별걸 다 바란다.

강간 약물을 구매하면서까지 강간을 계획하는 남성들이 진정으로 꽃뱀을 두려워하는 건 맞을까? 자신을 속이고 돈을 요구하는 '꽃뱀'이 많아 그렇게 두렵다면서 강간을 멈추지 않는 건 왜일까. 꽃뱀이라는 단어를 사용하는 남성들은 알고 있다. 이 단어가 가해자를 피해자로, 피해자를 가해자로 순식간에 둔갑시킬 수 있는 힘을 가지고 있다는 걸 말이다. 남성들은 어쩌면 여성들이 제발 벗어나고 싶어서 발버둥쳐왔던 피해자의 자리를 부러워하는 걸지도 모르겠다는 생각이 든다. 피해자 자리의 끔찍함을 한 번도 제대로 상상할 수 없었을 테니까. 마치 다음 생엔 여자로 태어나 남자 돈 뜯어먹으면서 살고 싶다고 해맑게 말하는 남성들이 있는 것처럼 말이다.

한때 내가 등장하는 인터넷 기사마다 '은하선은 강간범'이라는 댓글이 달린 적이 있다. 포털사이트에 은하선을 검색했을 때 제일 먼저 뜨는 글에도 '은하선 강간범'이라는 표현이 빠지지 않았다. 이건 또 무슨 말인가 싶어서 자세히 보니 2015년에 한 언론과의 인터뷰에서 했던 대답 중 일부분을 발췌해 악의적으로 해석한 것이 시작이었다. 중학교 때 있었던 첫 섹스 경험에 대한 질문에 "당시 동네에 칸막이가 있는 다방이 있었는데, 사귀던 대학생과 거기서 키스를 하곤 했다. 그러다 그 남자 자취방에 놀러 가 내가 먼저 덮쳤다. 무척 경험하고 싶었다. 남자는 몹시 당황스러워했는데, 싫다고 하진 않았다. 그 남자도 그게 처음이었다. 내 성기가 어딘지도 찾지 못해 내게 물어볼 정도였다"라고 대답했던 것이 '은하선은 강간범'의 근거였다.

여기서의 '덮쳤다'는 표현은 상대방이 원하지 않았는데 권력적 위계를 이용했다거나 물리적 힘으로 제압해 억지로 강간했다는 의미가 아니다. 당시 난 중학생이고 상대방 남성은 법적 성인이었다. 또한 그 남자가 내 성기의 위치를 직접 확인하면서 나에게 질문했다는 말에서 내가 억지로 성기 삽입을 시도하거나 강간을 시도하지 않았다는 전후 사정을 읽을 수 있다. 그럼에도 모든 맥락을 삭제한 채 나를 강간 가해자로 만든 것이다. 거기서 그치지 않고 '홍준표 돼지 발정제 사건'을 비판한 내 글에 '강간 모의는 잘못됐다면서 본인이 했던 동의 없는 섹스는 문제가 없느냐'며 모든 맥락을 왜곡하기도 했다. 분명 일부러 모욕하려는 의도가 있다고밖에 볼 수 없었다. 고민 끝에 글쓴이를 고소하기 위해 경찰서에 갔는데 상상도 못한 일이 벌어졌다. 사건을 담당한 수사관이 나에게 '남녀를 떠나서 여자 중학생도 남자 대학생을 강간할 수 있는 것 아닌가. 남자라고 마초만 있지는 않다. 덮쳤다는 표현이 강간을 의미할 수 있어서 충분히 오해할 만했다. 일반인들이 그 인터뷰를 본다면 그렇게 해석할 여지가 있다'는 말을 하면서 나를 강간범으로 몰아간 것이다. 피해자로 조사를 받으러 갔던 나는 순식간에 성폭력 가해자가 되어버렸다.

수사관에게 나는 인터뷰의 맥락상 덮쳤다는 표현은 먼저 주체적으로 섹스를 원했다는 의미이지 상대방이 거부하는데도 폭력적으로 성기 삽입을 감행했다는 뜻이 아니라는 것을 명확하게 설명하며 내가 강간을 하지 않았음에도 이러한 내용을 퍼뜨리는 것은 문제적이라고 말했으나, "강간을 안 했다는 것은 본인의 주장일 뿐"이라는 말까지 들어야 했다. 허위사실로 인한 명예훼손 피해를 입어 찾아간 경찰서에서 예상하지 못한 피해를 추가로 당해 너덜너덜해진 기분이 들었다. 어처구니가 없어서 '여중생이 남자 대학생을 강간한' 사건 판례가 있냐고 물었더니 '그런 판례가 없다고 해서 그런 피해가 없다고 볼 수는 없는 것'이라는 답이 돌아왔다. 어쩌면 수사관이 나를, 합의금을 노리고 별것도 아닌 일로 고소까지 하려는 '꽃뱀'으로 보고 있는 것 아닌가 하는 생각까지 들었다. 결국 나는 당시 내가 의제강간이 성립되는 나이인 만 13세였다는 이야기까지 할 수밖에 없었다. 그랬더니 수사관은 내가 고소하려는 상대가 당시의 내 나이까지 어떻게 알 수 있겠느냐고 묻더라. 이럴 수가! 대화가 통하지 않았다. 혹시 은하선 강간범 글을 쓴 본인이 아닐까 의심스러울 정도였다. 경찰이 가해자를 대변하는 광경을 목격하고야 말다니. 남자라고 하더라도, 성별이나 나이에 관계없이 누구든지 강간 피해자가 될 수 있다며, 몇 번이나 여자 중학생도 성인 남자를 강간할 수 있다고 말하는 수사관 앞에서 나는 세상의 '평등'을 경험했다. '네가 말했잖아. 그게 강간이면 이것도 강간이겠네. 너도 강간했을 수 있어'라며 맥락을 삭제하는 것이 '평등'을 향한 길인가. 피해자에게 책임을 전가하는 것이 '평등'한 수사인가.

'남자도 성폭력 많이 당한다. 요즘에 꽃뱀이 얼마나 많은 줄 아냐. 거짓말 치고 남자 돈 뜯어내는 여자들 정말 무섭다. 여자인 게 무슨 벼슬이냐. 여자보다 남자가 더 살기 힘든 세상이다'라는 말에는 남성인 성폭력 피해자의 존재가 쉽게 묻히곤 하는 현실을 비판하려는 의도보다 사실을 축소시키고 피해자를 어떻게든 가해자로 둔갑시키고 싶어 하는 더 큰 의도가 숨어 있다. 재빨리 달려가 피해자의 의자를 빼앗아 앉으면서까지 피해자가 피해자로도 남을 수 없게 만들어 버리는 현실. 그 현실을 폭로하려는 이들을 '그렇게 따지면 너도 가해자'라며 비꼬는 사람들이 만연한 사회에서 피해자는 어떻게 자신의 목소리를 내야 할까. 강력 성범죄 사건의 타이틀에까지 '성욕을 해소하기 위해'라는 표현을 쓰면서 끊임없이 성욕과 성폭력을 연결짓는 끈끈한 '강간문화'에도 절망하지 않고 싸워왔던 여성들의 역사는 왜 이리도 쉽게 비웃음거리가 되어버리는가. 만약 여성들이 그동안 어쩔 수 없이 앉아왔던 피해자 자리를 남성들이 모두 '선점'한다면 어떻게 될까. 남자도 여자들이 '당했던' 만큼의 성범죄를 당하는 세상이 혹시 당신들이 원하는 '평등'한 세상인가. 그렇다면 당신들은 성폭력 피해가 사라지는 세상이 아닌, 성폭력 피해가 더 많아지는 세상을 원하는가.

변화가 억울한 사람들

"나의 어깨를 짚은 채 그대로 픽 쓰러진다. 그 바람에 나의 몸뚱이도 겹쳐서 쓰러지며 한창 피어 퍼드러진 노란 동백꽃 속으로 파묻혀버렸다." 소설 〈동백꽃〉의 마지막 장면이다. 소설가 H는 한 대학 강단에서 이 장면을 두고 "점순이가 남자애를 강간한 거야. 얘도 미투해야겠네"라고 말했다. 맥락이고 뭐고 없다.

뿌리 깊은 강간문화에 둘러싸여서 무엇이 잘못인지도 모른 채 입을 다물고 살던 여성들이 입을 열기 시작한 미투 운동은 고발을 넘어서 연대의 힘을 만들었고 그 에너지가 불러온 사회적 변화는 그야말로 혁명적이었다. 그러나 H는 '강간'과 전혀 관련 없는 장면을 불러와서 '강간'이라는 단어의 뜻을 희석했고, 미투운동과 피해자들의 폭로를 별거 아닌 일에 예민하게 구는 것 정도로 취급하며 조롱했다. 이뿐만이 아니었다. 2년 전에 재학생을 성추행했다는 의혹과 다른 문제 발언들이 공개되면서 그는 자신이 일궈놓은 잡초밭을 피해 가기 어려워졌고 모든 걸 내려놓고 강단을 떠나겠다는 선언을 했다. 책임을 지기는커녕 사과조차 하지 않았다. 도리어 본인이 "자존심 깊이 상처를 입었고 학생 신뢰를 회복하기 어렵게" 되었다고 말했다. 충격을 받은 걸까. 안타깝게도 자신이 가르쳤던 학생들에 대한 신뢰가 있었던 모양이다. 그가 말한 '신뢰'란 내가 어떠한 성적 모욕을 하더라도 학생들은 나를 태양과 같은 사랑으로 보듬어주리라는 믿음이다.

이런 신뢰는 하루아침에 만들어지지 않는다. 그 근원은 사회가 그동안 묵인해온 '강간문화'다. 강간문화는 강간이 만연한 사회뿐만 아니라 성폭력 피해자에 대한 비난이 문제없이 받아들여지는 사회적 분위기까지 포괄하는 단어다. 어쩌다가 믿는 도끼에 발등을 찍히게 되었을까. 아니, 왜 언제 자신의 발등을 찍을지도 모르는 호랑이 새끼와 같은 학생들에게 믿음을 주어 자존심에 깊은 상처를 입고 만 걸까. 소설가 H는 학생을 성추행한 혐의로 고소당해 유죄판결을 받았다. 1심 최후진술에서 '제자에게 입맞춤한 것은 스승이 제자에게 할 수 있는 가장 따뜻한 애정의 표현이라고 생각한다'며 혐의를 부인했다. 가해자의 기억 속에서 성추행은 다르게 기록된다. 이런 그가 존경받는 소설가로 다시 돌아올 수 있는 방법은 있을까. 타임머신을 타고 과거로 돌아가서 자신이 했던 언행을 전부 주워 담는다면 가능할 수도 있겠다. 무엇이 잘못인지 모른다면 과거로 돌아가더라도 똑같은 상황이 되풀이될 가능성이 높겠지만.

2019년, 경찰 출신 전 국회의원이었던 이가 주최한 토론회에 패널로 참석했다가 상대편 패널로부터 이런 말을 들었다. "강간문화가 있다는데, 우리나라는 치안도 안전하고 강간도 얼마 되지 않는다." 무슨 소리를 하는 건가 싶어 고개를 들어 그의 얼굴을 보았는데 놀랍게도 그의 눈에는 진심이 담겨 있었다. 일단 친절하게 강간문화라는 단어의 정의에 대해서 설명했다. 마이크를 들고 이야기할 수 있는 시간이 한정되어 있었지만, 강간문화에서의 '강간'이 법적인 의미에서의 강간을 의미한다고 생각하는 사람들이 청중석에도 분명 있을 것 같아 그냥 넘어갈 수 없었다. 강간문화란 법적인 의미의 '강간'이 만연한 사회만을 뜻하지 않는다. 돈을 벌기 위해서 불법촬영물을 팔고, 불법촬영물을 더 많이 만들기 위해서 강간을 하고, 강간을 더 '수월하게' 하기 위해서 약물을 술에 타고, 그 약물을 사기 위해서 불법촬영물을 파는 사회. 뫼비우스의 띠처럼 돌고 도는 우리가 사는 현실 어디에나 성폭력이 존재한다는 것은 엄연한 사실이다. 불법촬영물을 공유하는 카카오톡 단체방은 어떠한가. 단톡방에서 낄낄대며 불법촬영물을 공유하고 특정인을 성희롱하는 '문화'가 존재한다는 것은 이미 여러 기사를 통해 증명되었다. 많은 사람이 모여 있어도 문제를 지적하는 사람이 아무도 없다면 성폭력은 그저 유희거리가 된다. '쟤도 그러는데 나도 이 정도는 해도 되겠지'라는 생각을 가능케 만드는 것이 바로 문화다.

인터넷 시대의 디지털 성폭력이 끊이지 않는 이유도 여기에 있다. 인터넷에는 불법촬영물을 '야한 동영상' 정도로 취급하며 촬영한 이를 '작가'로 대우해주는 커뮤니티가 존재한다. 지인의 얼굴 사진을 보내주면 포르노 영상에 합성해주는 딥페이크 영상 제작 및 유통을 가중처벌하는 성폭력 특례법에 대한 입법 논의 자리에서 한 국회의원은 '예술 작품'이라는 단어를 쓰며 가해자의 행동을 옹호했다. 불법촬영물은 촬영에서 그치지 않는다. 피해자가 알 수 없는 곳까지 퍼져나간다. 가해자는 자신의 잘못을 모르고 피해자의 피해는 점점 커진다. 디지털 성폭력에 대한 명백한 가해 사실이 밝혀진 이후에도 가해자가 법정에서 억울함을 호소하는 건 나만 그런 게 아니라는 생각이 깔려 있기 때문이다. 가해자들은 문화를 공유하며 커뮤니티를 이룬다. 피해자가 자신이 겪은 일을 견디지 못해서 목숨을 끊어도 영상에 '유작'이라는 이름이 붙어 유통될 정도다. 그런데 강간문화가 없다니. 나와 같은 하늘 아래 살고 있는 게 맞을까. 설마 더 많은 강간이 일어나길 바라는 마음으로 저런 말을 했을 리는 없길 바란다.

대선 유력 주자였던 적이 있고 지금은 성소수자 혐오 대표 주자로 더 유명한 홍준표(성소수자를 혐오하기 위해 퀴어문화축제에 직접 등장한 최초의 시장이다)가 오래전 자신의 자서전에 적었던 일은 아직도 여러모로 충격적이다. 돼지발정제로 강간 모의를 했던 일을 하늘에 한 점 부끄럼을 느끼지 않고 무려 책에 써 세상에 남긴 일을 떠올리면 여전히 놀랍다. 섹스해보겠다고 여성에게 돼지발정제를 먹였던 한 젊은 청년의 '실수'에 생각보다 많은 이가 감정이입했다. 남자가 그럴 수도 있지. 얼마나 섹스하고 싶었으면 그런 짓까지 했겠나. 나도 그런 적 있다. 그런 일 정도는 넘어가자. 본인이 그런 것도 아니지 않나. 친구가 그랬다는데 뭘 그렇게 까다롭게 구는가. 남성 연대의 끈끈함, 강간까지도 연대하는 힘. 그때 나는 혹시나 했던 사실을 확인해버렸다. 지금 내가 살고 있는 사회는 '동의 없는 섹스는 강간'이라는 기본적인 사회적 합의조차 안 된 사회라는 사실을 말이다. 대다수의 남성들은 도대체 왜 피해자 여성이 아닌 가해자 남성과 자신을 동일시하는가. 어젯밤 '따먹은' 그 여자가 술자리 안줏거리가 되는 현실을 살아가면서 강간문화가 없다고 단언할 수 있다니 도무지 앞뒤가 맞지 않는다. 그러나 이러한 설명 이후에도 맥락을 이탈한 대답이 돌아올 때 더욱 답답해진다.

한국에서 강간은 폭행, 협박에 의해 상대방의 반항을 곤란하게 하고 사람을 간음하는 것을 말한다. 형법 제297조는 강간을 이렇게 규정한다. "폭행 또는 협박으로 사람을 강간한 자는 3년 이상의 유기징역에 처한다." 강간문화라는 단어를 이해하지 못하는 사람들은 형법상 '강간'이라는 단어의 정의에 함몰되어 있다. 그렇다면 미국의 형법에서 강간 정의를 보자. 미국 연방정부는 2013년부터 강간의 정의를 새롭게 바꾸었다. "여성의 의지에 반한 강제적 성행위"에서 "피해자의 동의가 없는 성행위"로 말이다. 폭행과 협박은 강간이 성립하는 요건이 아니라 가중처벌의 이유가 된다. 만약 한국에서도 강간의 법적 정의를 이처럼 바꾼다면 '강간문화'라는 단어를 이해하는 사람들이 조금이라도 늘어날까. '강간문화'가 만연하다는 사실조차 받아들이기 어려울 정도로 강간문화를 당연하게 느끼는 사람들에게 성폭력의 심각성을 어떻게 설명해야 할까.

'성폭력을 원하는 사람은 아무도 없다'는 말은 당연하다. 결국 우리는 성폭력 없는 세상을 원한다는 말도 당연하다. 하지만 이 당연한 이야기를 당연하게 받아들이지 않는 세상에서 우리는 살고 있다. “성폭력은, 그래 당연히 없어져야지. 그런데 그건 ‘진짜 성폭력’이 아니잖아?”라고 묻는 사람들은 진실을 알고 싶어 한다기보다 성폭력의 존재 자체를 부정하고 싶어 한다. 성폭력이 사라지길 바란다면서도 성폭력이 만연한 세상을 받아들이기 어려워하는 사람들은 과연 심각성을 정말로 이해하고 있는 걸까. 강간이 지금보다 더 많아지길 바라기라도 하는 듯 “강간 범죄율은 얼마 되지 않는다. 다른 나라에 비하면 한국의 강간 범죄율은 낮은 편이다”라고 말하는 사람들이 존재한다. 심지어 성폭력의 심각성을 드러내기 위한 ‘강간문화’라는 단어의 사용에만 몰입해 그런 ‘선정적인’ 단어를 사용하지 말라고 요구한다. 숲을 보지 않고 나무를 보는 수준을 넘어서 한가하게 잎사귀나 뜯으며 강간이다 아니다 하고 있는 주제에, 피해의식이 아니라 피해 현실이라고 말해도 피해의식에서 벗어나라는 말이 돌아온다. 이런 사회 분위기 속에서 피해자들은 아무도 자신의 말을 믿어주지 않을까봐 오랜 시간 입을 열지 못했다. 입을 열지 못했던 피해자들이 하나둘 입을 열기 시작하자 분위기가 조금씩 달라졌다. 당신의 탓이 아니라는 목소리가 힘을 얻기 시작한 것이다.

그런데 가해자들과 가해자의 친구들은 여전히 과거에서 건너오지 못한 듯하다. 오히려 자신이 가볍게 한 말을 굳이 콕 집어 문제적이라고 말하는 세상에 실망했단다. 상처 받았단다. 달라진 세상에 적응하지 못하는 사람들, 이제까지 살아온 것처럼 남은 인생을 보내도 될 줄 알았는데 계획이 무너진 사람들은 스스로 마음을 추스르는 방법조차 알지 못해 다양한 방식으로 아름답지 못한 모습을 표출하고 있다.

아내 외에 어떤 여자와도 일대일로 술자리나 식사를 하지 않는다는 '펜스룰'은 일종의 협박이었다. 펜스룰은 쉽게 말해서 '여자랑 안 놀아주겠다'는 뜻이다. 이렇게 별것도 아닌 일로 자꾸 남자들을 성폭력 가해자 취급하면 애당초 여자들을 끼워주지도 않겠다는 치졸한 마음. 여자를 '끼워주지' 않아도 사회생활에 아무 지장이 없을 거라는 남성 중심적 사회에 대한 확신. 같이 일하는 여성들을 동료가 아닌 성적인 존재로 바라봐왔다고 스스로 증명하는 꼴이다. 각종 인터넷 커뮤니티에는 미투의 '부작용'으로 여자들이 연애하기 힘들어질 거라는 글들이 줄지어 올라오기도 했다. 남자들이 미투가 무서워서 여자들을 피하게 되면 여자들만 손해라는 말도 빠지지 않았다. 마음에 드는 여자에게 눈길만 줘도 '시선 강간'이니 뭐니 떠든다면 남자들은 더 이상 여성과 연애하지 않겠다고 마음먹을 거고, 그렇게 된다면 다소곳이 앉아 '백마 탄 왕자님'을 기다려왔던 많은 여자들은 어디 가서 연애를 할 수 있겠냐는 뜻이다. 그렇다면 이제까지는 언제든지 자신이 원하면 연애할 만한 여자를 '고를' 수 있기라도 했다는 것인가. 내가 곧 세상의 중심이며, 내가 누군가를 선택할 수 있고, 내가 선택하지 않은 존재는 도태될 것이라는 믿음, 내가 아니면 누군가 온전히 살아갈 수 없을 것이라는 사고가 바로 남성 중심적 사회의 반증이다.

우리에게 무척이나 익숙한 '가정폭력'이라는 단어가 본격적으로 사용된 건 1980년대 후반이다. 그 전까지는 '폭력'이 아닌 '부부싸움'이나 '가정사' 정도로 불렸다. 폭력을 견디다 못해 경찰을 불렀더니 집안일은 둘이서 해결하라며 돌아갔다는 일화도 있을 정도다. 아내를 자신의 소유물로 여기는 남편들의 폭력은 '사랑'으로 쉽게 포장되곤 했다. '자꾸 이러면 어느 남자가 여자들과 일하고 연애하겠느냐'는 협박은 마치 단순한 부부싸움을 '가정폭력'이라는 말로 범죄 취급하면 어느 남자가 결혼을 하겠느냐고 되묻는 것과 같다. 변화하는 세상에 대한 실망을 분노로 표출하는 이들은 어쩌면 미래에 대한 공포감에 사로잡혀 있는지도 모른다. 바뀌어버린 세상에선 본인의 말이 더 이상 들리지 않을 것이라는 공포감 말이다. 어쩌면 이들이 누구보다 페미니즘을 잘 이해하고 있는 게 아닐까. 단 한 번도 만나본 적 없는 세상에서 다시 시작해야 할지도 모른다는 불안감과 두려움이 쉽게 폭주를 멈출 수 없도록 만드는 건 아닐까.

자신들이 만들어놓은 틀에 들어맞는다면 사랑해주겠지만 그 틀을 벗어나 돌발행동을 하면 난도질하겠다는 메시지는 오랫동안 여성들이 인형으로 존재하도록 만들어왔다. 좁은 틀을 만들어놓고 그 안에 얌전히 있으라고 했던 사회에서 많은 여성이 침묵당하고 고통받았다. 미투는 이 모든 걸 들추어내려는 외침이었다. 가해자에 대한 법적인 처벌도 중요하지만 미투를 둘러싼 사회적 맥락을 삭제한 채 법적인 처벌이라는 틀에서의 유효성만을 이야기한다면 놓치고 가는 부분이 많다. 그렇게 되면 공소시효가 지나버린 사건이나 이미 가해자와 합의를 본 사건에 대해서는 언급하지 말라는 이야기가 될 수도 있다. 성폭력은 학교, 직장, 클럽, 화장실, 집 등 장소를 가리지 않으며 지인이나 상사, 선생님, 가족, 연인이 가해자가 되기도 한다. 특히 친족 성폭력이나 권력관계에서 일어난 성폭력은 피해 즉시 바로 고소하거나 신고를 하기도 어렵다. 맥락을 전혀 살피지 못한 채 진짜 미투와 가짜 미투를 나누는 데 혈안이 된 미투 감별사들과, '자꾸 이러면 남자끼리만 놀겠다'며 '안 끼워줄거지롱! 펜스룰!'을 외친 이들은 과연 다른 존재였을까.

개혁당 당원 MT에서 벌어진 성폭력 사건 논란을 두고 2003년 초 "해일이 일고 있는데 조개 줍고 있다"는 발언으로 핫이슈가 되었던 유시민은 조개를 하찮게 봤다. 여기서 해일은 당장 코앞에 닥쳐 있던 대선, 조개는 성폭력을 뜻했다. 조개들의 말하기 대회인 성폭력 생존자 말하기 대회는 2003년 처음 시작되었다. 당시 행사를 주최했던 한국성폭력상담소 이미경 소장은 "생존자들은 말하는 힘을, 생존자들의 이야기를 듣게 될 지지자들은 공감하는 법을 배우게 될 것"이라고 말했다.

2018년 3월, 서울 종로구 청계광장에서는 2018분 미투 이어말하기 행사가 열렸다. 말 그대로 2018분 동안 사람들이 멈추지 않고 성폭력에 대해서 말하는 자리였다. 나도 그곳에 있었다. 여러 언론에서 행사를 보도하기 위해 나와 있었고, 떨리는 손으로 마이크를 잡고 자신의 이야기를 나누는 사람들이 끊이지 않았다. 그 말들로도 충분하지 않은지 한쪽 벽면에는 여성들이 하고 싶은 말을 적어서 붙인 메모지들이 빼곡했다. 추운 겨울이었고 바람도 많이 불었다. 자꾸만 얼어붙는 손에 작은 손난로를 비비며 차례를 기다렸다. 담담하게 말하고 싶었는데, 도중에 눈물이 나왔다. 아마 내 안에 쌓여 있던 분노가 흘렀던 게 아닐까. 생각해보니 그렇게 많은 사람들 앞에서 내 경험을 말한 적도 없고, 그만큼 따뜻한 연결을 느껴본 적도 없어서 감정이 복받쳤는지도 모르겠다. 어느새 나의 말하기가 끝나고, 다음 사람에게 리본과 마이크를 넘겼다. 그렇게 새벽을 지나 그다음 날까지 말하기는 계속되었다. 2018분이라는 시간은 분명 길지만 우리 안에 웅크려 있던 이야기들을 모두 꺼내보기엔 짧은 시간이었다.

행사는 끝났지만 말하기는 끝나지 않았다. 연결의 힘은 세상을 변화시킨다. 세상은 변화하고 우리는 그 변화 속에서 살아 숨 쉬고 있다. 성폭력 말하기는 그 후로도 멈추지 않았다. 성폭력의 뿌리는 너무나도 견고하고 깊어서 내가 지구에 존재하는 100년도 안 되는 짧은 시간 내에 사라질 일은 없을 것 같다. 그럼에도 성폭력이 사라지길 바라며 싸움을 이어나가는 건 그만큼 절실하기 때문이다. '페미니즘'의 '페' 자만 들어도 고개를 절레절레 흔드는 분들과 마주하는 자리에 갈 때면 난 이 2018분 이어말하기 이야기를 꺼낸다. 억울하게 가해자가 되어버렸다는 분들에게 묻고 싶다. 가해한 적 없는데 가해자로 몰린 억울한 가해자들의 2018분 이어말하기, 가능한가?

누구 맘대로 사이좋게야

싸우지 않으면 사이좋게 지낼 수 있을까? 질문을 조금 바꿔보자. 굳이 싸움만 만들지 않으면 사이좋게 지낼 수 있을까? 지금 당장 싸우지 않으면 사이가 좋다는 걸 의미할까? 난 궁금했다. '여성혐오'라는 단어가 사회적 이슈가 되었을 때 '남성혐오'도 있다며 어찌 됐건 혐오는 나쁘니 서로 욕하지 말고 사이좋게 지내자는 사람들의 삶의 방식이 말이다. 이 세상을 살아가는 수많은 사람이 서로를 미워하면서도 드러내지 않고 살아간다. 살다보면 내 앞에 서 있는 누군가의 웃음과 호의를 대하고도 그게 반드시 나를 좋아한다는 의미는 아닐 수도 있음을 어느 순간 깨닫게 된다. 사람들은 그걸 '사회화'라고 부르거나 때로 '눈치'라고 부르기도 한다. 개인이 모여서 사회가 된다. 사회도 크게 다르지 않다. 누군가는 매 순간 사방팔방 눈치를 보지만 누군가는 눈치 볼 필요 없이 산다. 누군가는 굳이 엮이고 싶지 않아서 피하며 살고, 누군가는 말해봤자 바뀌지 않을 게 분명하다고 생각해 그냥 답답함을 감수하며 산다. 그러나 그 답답함이 쌓이면 어떻게 될까. 누군가는 매일같이 답답한 가슴을 두드리며 사는데 누군가는 답답함이라는 단어를 떠올리는 순간조차 없이 살고 있다면? 그리고 그 시간이 길어진다면?

여성혐오를 멈춰달라는 말에 남성혐오도 있다고 말하는 사람들을 바라볼 때 문득 그런 생각이 든다. 눈치 볼 필요 없이, 답답함을 감수할 이유도 없이 사는 삶이란 어떤 삶일까. 부러워진다. 마치 이전에는 여성혐오가 없었던 것처럼, 그전에는 사이좋게 지냈는데 몇 년 사이에 갑자기 멀어지기라도 한 것처럼, 지나간 시간을 쪼개고 없애며 이제부터 다시 '사이좋게' 지냈으면 좋겠다고 말하는 그들은 도대체 어떤 삶을 살아온 걸까. 그러한 삶과의 간극을 나는 얼마나 이해할 수 있을까. 갑자기 세상이 바뀌어버린 듯해 방어막을 치듯 '남성혐오도 봐달라'고 외치는 이들에게 세상이 바뀌었으니 그냥 받아들이라는 말은 유효하지 않다. 아무것도 놓고 싶지 않아서 고민인 사람에게 마음을 편하게 먹고 욕심을 버리라고 말해봤자 통할 리가 없다. 사이좋게 지낸다고 해결될

일이 아니다. 하지만 싸움의 원인이 공평하게 양쪽 모두에게 있냐고 묻는다면 그것도 아니다. 학교폭력 가해자가 그동안 괴롭혔던 피해자에게 갑자기 손을 내밀고 '사이좋게 지내자'고 말하면 어떻게 될까. 그동안 있었던 일은 전부 잊고 오늘부터 다시 사이좋게 지내자고 말한다고 그 관계에 존재하는 문제들이 전부 해결될까. '친구'가 사과를 했으니 당연히 받아들여야 할까. 해결하지 않고 넘어간 문제들은 언젠가 다시 얼굴을 내민다. 다시 사이좋게 지내는 것처럼 보일 수는 있어도, 보이는 것이 전부는 아니다.

2015년 이후 '페미니즘 리부트'라고 불릴 만큼 페미니즘에 대한 사회적 관심이 증가했다. 스스로를 페미니스트라고 부르는 사람들도 늘어났고, 페미니즘 관련 서적이 베스트셀러에 오르기도 했다. 2015년에 낸 첫 책《이기적 섹스》는 열흘 만에 2쇄를 찍을 정도로 많은 관심을 받았다. 어떤 사람들은 초고만 끝내도 잘될 책인지 아닌지 느낌이 온다는데 당시 난 책이 나오는 순간에도 100권은 팔리려나 싶어 걱정스러웠다. 유명 작가도 아니었던(물론 지금도 아니다) 내 첫 책이 잘 팔린 데는 당연히 페미니즘 물결이 한몫했다. 그 후 10년이 지난 지금, 한국사회에서 페미니즘은 여전히 핫하다. 적어도 페미니스트라는 단어를 처음 들어본 사람은 이 땅에 없을 것이다. 그러나 그만큼 시간이 지났음에도 페미니즘이라는 단어에 대해서 제대로 알고 있거나 알고 싶어 하는 사람은 드물다.

가끔 내게 페미니즘이 뭔지 간단하게 한 문장으로 요약해달라는 요구를 하는 사람들이 있다. 한 시사 토크쇼에 출연했을 때도 페미니즘을 짧게 정의해달라는 말을 들었다. 그럴 때마다 잠시 멍해진다. 이 사람들은 그럼 페미니즘이 뭔지도 모르면서 나를 부르고 페미니즘에 대해 논해보자고 한 건가. 페미니즘의 정의에 대한 설명부터 시작한다면 이 촬영은 오늘 중으로 끝날 수 있을 것인가. 페미니즘이 남녀차별을 조장한다거나, 가정의 평화를 박살낸다거나, 남성들을 고개 숙이게 만든다는 이야기들이 나오는 이유가 바로 여기에 있다. 포털사이트에 페미니스트를 검색하면 국어사전 속 정의에 아직도 “여자에게 친절한 남자를 비유적으로 이르던 말”이라는 문장이 존재함을 확인할 수 있다. 페미니스트들이 세상을 망치고 가정을 망치고 국가를 망치고 있다며 분노하는 사람들도 결국 페미니즘에 대해서 잘 모르고 있을 거라는 확신이 들었다. 그런데 한편으로는 차라리 ‘친절’이라도 했다면 좋았을 거란 생각에 씁쓸해졌다. 친절이라도 했다면 때리거나 죽이지는 않았을 테니까. 어떻게 살아갈 것인가, 라는 논의까지 가기도 전에 어떻게 죽지 않고 살아 있을 수 있을 것인가를 고민하는 수준이 지금 우리가 살고 있는 현실이니까.

2016년 강남역 근처 한 술집 화장실에서 일어난 살인사건 이후 여성들은 죽음의 공포를 말했다. 범죄의 피해자가 될 확률보다 더 중요한 것은 여성들이 현실에서 느끼는 실질적인 불안감, 즉 체감온도다. 강남역 살인사건 이후 서울시 여성가족재단에서 내놓은 〈2018년 서울시 성인지 통계〉에 따르면 당시 서울에 거주하는 여성의 50.3퍼센트는 '우리 사회가 불안하다'고 답했다. 같은 응답의 남성 비율이 37.9퍼센트였던 것에 비하면 상당히 높은 수치다. 또한 범죄 피해에 대한 불안감을 호소한 여성은 71.9퍼센트로 남성의 56.4퍼센트에 비해 월등히 높았다. 불안감, 공포, 답답함과 같은 단어는 때로 주관적이고 상대적이라는 평가를 받는다. 그래서 여성들의 이러한 외침이 '피해의식'이라며 조롱거리가 되곤 한다. 하지만 연이은 성폭력 사건들과 여성을 대상으로 한 살인사건 뉴스를 보며 느끼는 여성들의 불안감을 단순히 '피해의식'이라고 할 수 있을까. 더 안전한 사회, 불안감을 느끼지 않는 사회를 바란다고 말하는데 남자들도 다치고 죽는다며 남성혐오도 존재한다고 답하는 사람들은 대체 뭘 원하는 걸까. 여성들에 대한 차별을 말하는데 남자들도 살기 힘들다며 '역차별'을 들고 오는 사람들과 무슨 건설적인 이야기를 나눌 수 있을까. 더 원론적인 지점에서부터 풀어나가보

자. 타인의 불안감을 비웃는 사회에서 도대체 무엇을 기대할 수 있을까.

나는 여성'만'을 혐오하는 사람을 본 적이 없다. 세상 모든 연결고리를 이해하면서 여성의 삶만 모른 척하는 사람을 본 적이 없다는 말이다. 혐오의 맥락은 인간을 존중하는 태도를 관통한다. 세월호 사건을 기억하기 위한 노란 리본을 두고 언제까지 슬퍼할 거냐고 질책하는 사람들이 과연 여성의 삶을 이해할 수 있을지 모르겠다. 정부에서 내놓는 정책을 보며 '여성 편향적이다', '여성이 장애인이냐'고 묻는 사람이 장애인을 향한 편견과 혐오에 관심 있을 가능성은 희박할 것이다. '페미니즘은 정신병'이라며 공격하는 사람이 정신질환에 대한 사회적 편견 때문에 정신과에 가는 것조차 망설이는 이의 심정을 헤아릴 수 있을까.

2019년 한 토론회에서 나는 '오 이것이 인생'이라는 이름으로 활동 중인 한 원로 안티페미니스트에게 "페미니스트는 다중인격자"라는 말을 들었다. 그가 들고 온 여러 자료의 신뢰성에 의문을 제기하자 돌아온 답변이었다. 그는 여성 성소수자 커뮤니티를 중심으로 '남혐'이 시작되었다는 말을 반복했는데, 정작 이를 뒷받침하는 자료는 없었다. 게다가 그가 말한 여성 성소수자 커뮤니티는 전화로 여성임을 인증해야 가입이 가능할 정도로 폐쇄적인 곳이었다. 그렇다면 그 사람이 굳이 목소리 인증까지 해가며 그 커뮤니티에 가입해 무언가 사실을 확인했을 가능성도 희박했다. 그 부분에 대해서도 질문했으나 답변을 듣지는 못했다. 다중인격자라는 그의 말에 난 병원에 가보겠다고 답했다. 페미니즘이 무슨 취향이라도 되는 듯 페미니즘을 싫어하는 사람과 페미니스트를 한 테이블에 앉혀놓고 페미니즘에 대해 토론하게 만드는 경우가 종종 있다보니 이런 우스운 일도 벌어진다. 참고로 그 토론회는 더불어민주당 전 의원이 만든 자리였다. 유명세에 비해 인기는 없어 시간이 많은 나는 제안을 받으면 대부분 수락하는 편이다. 일어나지 않은 일을 걱정하는 것보다 그 상황을 직접 겪는 편이 더 재미있다. 해야 할 일만 하고 살면 인생이 얼마나 헛헛하겠나. 가지 말걸 후회하는 일이 생기기도 하지만 글을 쓸 에너지가 생기기도 한다.

나에게 페미니즘은 세상을 읽는 방법인데 누군가에게 페미니즘은 세상 모든 약자를 공격하기 위한 수단이다. 평등한 테이블을 지향한다며 페미니스트와 안티페미니스트를 한자리에 앉혀놓는 사람들 앞에서 난 진지한 토론을 지양한다. 그들이 원하는 그림은 재미. 예능은 나의 벗. 대충 심각하게 싸우는 척하다 오면 된다. 그날 난 "페미니스트는 다중인격자"라는 말을 해대는 상대 패널을 웃으며 바라보다가 까미와 복순이(우리 집 고양이들이다)를 사랑한다고 말했다. 그 토론은 인터넷방송 라이브 중이었다. 가족을 향한 사랑은 기회가 있을 때마다 표출하는 편이 좋다. 사랑은 아름답고 결국 사랑이 이긴다. (정말?)

한 언론사와의 인터뷰에서 했던 말이 온라인 남초 커뮤니티에서 화제가 된 적이 있었다. 내가 생각하는 페미니즘에 대해 한 말을 두고 사람들은 문장을 조각내 '은하선이 페미니즘의 매력은 뷔페미니즘이란다' 하며 비웃었다. 비난과 공격을 위해 의도적으로 맥락을 삭제하는 이들에게 난 '뷔페미니스트'가 될 뿐이다. 인터뷰에서 내가 한 말은 다음과 같다. "일각에서는 뷔페미니즘(뷔페와 페미니즘의 합성어)이라고 조롱한다. 뷔페처럼 여성들이 원하는 것만 골라 먹는다고 하는데 그게 페미니즘의 매력이다. 과거 결혼, 출산, 육아는 여성들의 의무고 애국이었다. 페미니즘과 비혼운동 등은 여기에 의문을 던지고 다양한 상상을 가능케 했다. 최근 일본과 독일, 프랑스도 결혼 대신 동거를 많이 한다. 페미니즘은 문화나 역사 속에서 다른 시선을 갖게 한다. 요구도 다양하다. 좋은 걸 골라 찾고 좋은 세상을 꿈꾸는 건 당연한 일 아닌가."

그러나 이 말은 나를 공격할 거리를 하나라도 더 찾는데 혈안이 된 이들에게 먹잇감이 되며 맥락이 삭제되었다. 뷔페에 가면 누구나 본인이 좋아하는 음식을 골라 접시에 담는다. 평소에 먹지 못했던 음식을 배부르게 먹기도 한다. 다양한 선택지 앞에서 경제적, 사회적 이유로 망설이지 않고 본인이 원하는 것을 접시에 담을 수 있는 권리는 중요하다. 오히려 나는 되묻고 싶었다. 그러는 당신들은 뷔페에 가서 남들이 먹다 남긴 수박씨라도 담아오는 건가. 물론 건조한 수박씨는 꽤 맛있어서 중국 식자재 마트에 가면 가끔 간식거리로 사오기도 한다만. 뷔페에 가서 내가 좋아하는 음식을 고를 권리가 이토록 처참하게 웃음거리로 전락할 이유는 무엇인가. 삶의 선택지에 대해 말하는데 골라 먹지 말라고 말하는 사람들은 대체 무슨 의도인가. 왜 있는 그대로 받아들이지 못해 타인에게 돌을 던지고 있는 걸까.

여성혐오가 단순히 '여성'을 싫어하는 것이 아니라는 설명에서부터 시작해야 하는 좁은 길은 언제쯤 고속도로에 도달할 수 있을까. 몇 년 사이에 페미니즘이라는 단어를 처음 들어본 사람들은 페미니즘을 해외에서 갑자기 들어온 신문물로 착각하기도 한다. 그리고 페미니즘이 없었던 때를 그리워한다. 예전에는 이렇게 싸우지 않았는데 이게 다 페미니즘 때문이라면서 말이다. 이분들은 무슨 일만 터지면 여성단체 뭐하냐며 기사마다 댓글 달고 다니시는 분들과 뜻을 같이한다. 자신이 모르는 이유는 관심이 없었기 때문이라는 사실을 받아들이기 어려워하시며 수시로 여성단체를 호명한다. 마치 뭐라도 맡겨놓은 것처럼 말이다. 한국의 페미니즘, 성평등을 향한 운동의 역사가 자신의 생각보다 길다는 사실은 중요하지 않다. 지금 당장 눈앞에 닥친 페미니즘 광풍에 분노하고 당황하느라 경황이 없다.

그런데 중요한 사실이 있다. 돌아갈 수 없다는 것이다. 다 없던 일로 하고 지금부터 다시 사이좋게 지내자는 이들의 손을 잡는 순간 세상의 변화는 더욱 더디게 찾아올 뿐이다. 엄마는 지금도 나에게 이런 말을 자주 한다. "적을 만들지 마라." 이미 있는 적은 어떻게 해야 할까. 만들지 않으면 적이란 존재하지 않는가. 반대로 만들겠다고 마음만 먹으면 타인은 기필코 나의 적이 되는가. 먼저 손을 내밀면 누구나 나의 손을 흔쾌히 잡는가. 내 손을 따뜻하게 잡는 이들은 반드시 나의 아군인가.

동성애는 반대하지만 동성애자는 사랑한다면서 누구보다 반동성애운동을 열심히 하는 목사 한 명이 한 유튜브방송에서 성소수자 활동가가 자신이 청한 악수를 무시했다며, 자신이 성소수자들에게 먼저 손을 내밀 만큼 얼마나 열려 있고 성소수자를 사랑하는 사람인지 역설한 적이 있다. 먼저 손까지 내밀었는데 그 손을 무시한 성소수자 활동가를 속 좁은 인간으로 만들고 싶었을 것이다. 내가 웃는 얼굴로 다가가기만 하면 타인은 언제든 웃는 낯을 보일 거라는 착각은 오만이다. 해당 방송에서 언급된 성소수자 활동가에게 직접 확인

했더니 심지어 그런 일은 있지도 않았단다. 혐오는 기억조차 왜곡시킨다.

가족 내 주종 관계를 견고하게 만들었던 호주제는 폐지 운동을 시작한 지 50년 만에야 사라졌다. 최초의 여성 사법고시 합격자인 고 이태영 변호사는 1957년 한국여성단체연합회의 이름으로 남녀평등가족법안을 제출하고 호주제 폐지 공론화에 앞장섰다. 당시 대법원장이었던 김병로는 개정안을 제출한 이 변호사에게 "1500만 여성이 불평 한마디 없이 잘 살고 있는데 법률 줄이나 배웠다고 휘젓고 다니느냐"며 호통을 쳤단다. 평등을 원하지 않는 사람들이 존재했기 때문에 호주제 폐지까지 50년이나 걸렸다. 난 우울할 때마다 포털사이트에 '호주제 폐지 반대 시위'를 검색한다. '호주제 폐지되면 국민 모두 짐승 된다', '암탉이 울고 있는 여성부 해체해라'. 세상의 변화 앞에서 울부짖는 이들의 소리가 생생하게 담긴 사진들을 보면 웃음을 참을 수가 없다. 만약 그들을 한 사람 한 사람 만나서 차근차근 설명하며 모두의 공감을 얻어낸 후 호주제를 폐지하려고 했다면 어떻게 됐을까? 아마 호주제는 지금까지도 견고하게 유지되고 있었을 거다. 지구상에서 유일하게 호주제가 존재하는 나라에 사는 기분은 어땠을까. 상상만 해도 짜릿하다.

원래는 이렇지 않았다며 과거를 회상하는 사람들의 그

리움까지 품고 갈 수는 없다. 그리움이야말로 불안감보다도 더 주관적인 단어 아닌가. 광화문에만 나가도 그때가 좋았다며 박정희 독재정권을 그리워하는 분들이 태극기를 휘날리고 계신다. 세상은 분명 달라졌고 달라지고 있다. 예전보다 많이 달라졌는데도 무슨 성차별이 있다는 건지 모르겠다는 사람들의 말이 어느 정도 이해는 된다. 제1대 국회에서 여성 국회의원 수는 0명이었다. 제22대 국회에서 여성 국회의원 비율은 약 20퍼센트다. 무에서 유가 되었다. 달라진 것 맞다. 세상에 완전한 평등이 어디 있냐며 페미니스트들은 유토피아를 꿈꾸고 있을 뿐이라고 말하는 사람들도 있다. 완전한 평등이 가능한가, 라는 질문에 '당연히 가능하다'고 자신 있게 말할 수 없다. 다만 우리는 평등한 세상을 바라보며 나아갈 뿐이다. 무지를 드러내는 걸 조금은 부끄러워해보자. 동의한다고 말하기 전까지는 동의한 게 아니다. 아무 말 없이 가만히 있었다고 동의한 거라 생각했다면 그건 착각이다. 사실 그마저도 가만히 있었던 건 아닐 텐데 그렇게 생각했다면 그것도 착각이다. 싸움은 이제 겨우 시작되었다.

2부

종교의 이름으로 혐오하노라

누군가는 두려워하면서 살아가는데, 어째서 누군가는 새로운 것을 먹어본 아이처럼 감탄만 하고 있는가. 누군가는 이제 겨우 말하기를 시작했는데, 어째서 누군가는 조용히 하라고 말하는가. 삶과 말하기의 권력 차이는 어디에서부터 시작되는가.

2018년 1월 13일, 나는 약 1년 동안 고정패널로 출연한 EBS 프로그램 〈까칠남녀〉에서 하차할 것을 통보받았다. 〈까칠남녀〉는 젠더 불평등에 관한 첨예한 주제들을 다루는 토크쇼였다. 낙태, 노브라, 동거, 자위 등 다양한 이슈들을 도마에 올리는 데 성공했고, 그때마다 시청자 게시판은 항의글로 난장판이 되기도 했다. 그러다 연말연시를 앞두고 〈까칠남녀〉는 드디어 뜨거운 감자 중의 감자인 성소수자 특집 방송을 만들었다. 제작진은 여러 명의 성소수자 당사자들이 나와서 자신의 이야기를 하는 과정이 마치 프릭쇼처럼 보이지 않을까 걱정했고, 혹여나 진지한 고민과 삶의 경험들을 나누는 과정에서 지나치게 무거운 방송이 되지 않을까 고민했다. 성소수자를 비롯한 사회적 소수자의 이야기를 담는 콘텐츠를 만들 때는 언제나 이와 같은 고민이 생기기 마련이다. 너무 진지하게 담았다가는 재미가 없어서 아무도 보지 않고, 아무도 보지 않으면 결국 아무것도 전달할 수 없게 된다. 그렇지만 많은 사람에게 가닿기 위해서 선정성을 부각시키면 소수자를 대상화해버리는 결과가 생긴다. 〈까칠남녀〉 제작진은 그 사이에서 균형을 잡기 위해 노력했다. 제작진의 깊은 고민과 패널들의 활약이 만나서, 궁금증을 풀어감과 동시에 성소수자 당사자의 이야기들이 쫀쫀하게 오가는 방송을 만들어낼 수 있었다. 나이 차로 인한 위계질서가 생기는 걸 막기 위해 모두가 교복을 입고 반말을 하는 예능프로그램 〈아는 형님〉 콘셉트를 빌려온 것도 신의 한 수였다. 녹화 분위기는 화기애애했고 난 산타클로스를 기다리는 어린아이처럼 방영만을 기다렸다. 그날은 마침 크리스마스였다.

그러나 역시 쉽지 않았다. 〈까칠남녀〉 성소수자 특집 방송 예고편이 뜨자 반동성애기독교단체와 학부모단체들이 움직이기 시작했다. 가끔 개인적으로 연락을 주고받던 〈까칠남녀〉 PD는 방송을 앞두고 반동성애운동단체 사람들로부터 수십 통의 문자 폭탄을 받고 있다며, 심지어 반동성애단체 대표인 목사 주모씨의 전화까지 받았다고 고통을 호소했다. 그가 받은 문자들은 'LGBT는 개인을 멸망시킨다', '비이성적이고 잘못된 성도착증이다', '국민 모두를 죽이는 방송을 중단하라', 'LGBT는 가정을 파괴한다' 등 하나같이 성소수자 혐오가 가득한 내용이었다. 그들은 성소수자 혐오를 자신들의 정당한 '입장'인 것처럼 포장하고 성소수자와 자신을 완벽하게 분리하면서 성소수자 당사자인 나의 존재를 유령 취급하고 있었다. 양성애자인 나는 성도착증 환자이자, 국민 모두를 죽이며, 가정과 국가를 파괴하는 위험한 존재가 되었다. 성소수자는 왜 보이지 않는 투명하고 흐릿한 괴물이 되어버려야 하는 걸까. 그런 성소수자 차별을 드러내기 위해 방송을 만든 사람은 어째서 문자 테러로 괴로워해야 할까.

나는 페이스북에 〈까칠남녀〉 PD에게 성소수자를 혐오하는 내용의 문자를 더 이상 보내지 말라는 의미로 글을 썼다. PD의 연락처가 바뀌었으니 항의를 하려면 이 번호로 문자를 보내라는 내용의 글이었는데, 그 번호는 문자메시지를 한 통 보낼 때마다 퀴어문화축제에 3000원씩 후원되는 번호였다. 이러한 문자후원 번호는 #으로 시작되며 그 형식도 휴대폰 번호와 전혀 다르고 전화를 해도 없는 번호라고 나오기 때문에, 그 글을 보고 정말로 문자를 보낼 거라는 생각은 하지 못했다. 게다가 그 번호를 포털사이트에 검색하면 단번에 퀴어문화축제 문자후원 번호라는 걸 쉽게 알 수 있었다. 당시 반동성애단체들은 이미 성명서를 통해 〈까칠남녀〉에 출연하는 '양성애자 은하선'의 이름을 거론하며 나를 공격하고 있었다. 출연자 은하선이 자신이 출연하는 프로그램의 PD를 공격하라며 전화번호를 공개하는 일은 상식적으로 가능하지 않은 일이다.

하지만 세상은 역시 내 생각과 다르게 돌아간다. 내 글을 그대로 믿고 문자메시지를 보내 뜻하지 않게 퀴어문화축제에 후원하게 된 '반동성애자'들이 생겨나고 만 것이다. 〈까칠남녀〉의 고정패널이자 누구보다도 문제없이 방송이 나가길, 제작진이 '반동성애자'들의 공격으로부터 안전하길 바랐던 내가 PD의 전화번호를 페이스북에 공개할 거라 생각했다니 믿을 수가 없었다. 어째서 본인들이 욕하는 존재가 본인들에게 호의를 베풀 거라 생각한단 말인가. 대체 이게 무슨 일인가. 당장 글을 내리고 해당 번호는 퀴어문화축제 후원번호라고 안내했으나 생각보다 많은 사람이 이미 문자를 보낸 후였다. 세상 무엇보다 혐오하는 퀴어문화축제에 후원했다는 사실을 알게 된 그들은 분통을 터뜨리며 은하선이 사기를 쳤다고 말했다. 사기당했음을 인증하기 위해 그들이 올린 문자메시지 캡처 사진에는 '생명을 죽이는 일에 동참하고 계신 것', '생명을 죽이는 문화 사고', '아이들이 죽어가는 방송', '나라의 근간을 해치는 동성애', '학생들을 동성애에 빠지게 하는 방송', '동성애가 에이즈의 주원인', '양성애자에 의해 이성애자에게 에이즈가 펴져나간다' 등 심각한 성소수자 혐오표현들이 있었지만 그들은 떳떳했다. 자신들의 잘못은 전혀 보지 못한 채 나에게 돌을 던졌다.

반동성애단체 대표이자 목사인 주모씨는 자신도 2통의 문자로 6000원을 사기당한 피해자라며 반동성애단체 회원 90여 명을 모았다. 문자를 보내 퀴어문화축제를 후원하게 된 90명이 넘는 사람들은 은하선에게 사기를 당했다며 고소했고, 나는 결국 100만 원의 벌금을 내게 되었다. 나는 어떻게 이토록 많은 사람이 내가 올린 짧은 글을 오독하여 문자를 보내게 된 것인지 궁금했다. 짧은 시간 동안 그토록 많은 사람에게 글이 퍼진 이유를 알 수 없었기 때문이다. 그 궁금증은 생각보다 쉽게 풀렸다. 90명 중 70명에 이르는 사람들이 내가 글을 올리지도 않은 기독교 카페, 카카오톡 등을 보고 메시지를 보냈다고 진술했다. 도대체 누가 글을 퍼뜨린 것일까.

놀랍게도 고소인을 모아서 고소를 진행했던 반동성애

단체 대표 주모씨가 법정에서 "글을 보고 아군이라고 생각하고 (PD의 번호를) 빨리 퍼트려야겠다고 여겨 카페, 페이스북, 카톡 위주로 직접 전파했다"며 "그 은하선이 그 은하선인 줄 몰랐다"고 증언했다. 결국 사람들은 내가 아닌 주모씨가 올린 글을 보고 문자를 보냈던 것이다. 주모씨는 은하선이 누군지 몰랐고 자신들과 같은 편인 줄 알았다고 말했으나, 사건이 일어나기 전부터 주모씨가 운영 중인 반동성애단체에서는 은하선의 이름이 거론된 성명서를 여러 차례 발표하고 있었다. 성명서에는 은하선의 사진도 함께 첨부되어 있었다. 은하선을 모르면서 은하선의 이름이 들어간 탄원서를 쓰고 자신의 SNS에 은하선의 사진을 올렸다니. 차라리 해킹을 당했다고 말하는 편이 나았을 정도다.

이 사건 이후 나는 '세기의 사기꾼'이라는 소리를 들으며 살았다. '경제사범'으로 불리기도 하고, 범죄자 소리를 듣기도 한다. 부도덕하다는 낙인은 쉽게 사라지지 않는다. 만약 내가 그 글을 올리지 않았다면 어땠을까. 혹자는 가뜩이나 공격받기 쉬운 성소수자라는 위치에서 너무 '심한 장난'을 쳤다고 말한다. 또 누군가는 은하선이 성소수자 이미지 다 망친다고 말한다. 홍석천과 하리수가 쌓아온 긍정적인 성소수자의 이미지를 은하선이 다 망가뜨렸다는 글을 읽고는 웃음을 참을 수 없었다. 마치 성소수자를 향한 차별은 존재하지 않았는데 은하선이 벌인 일 때문에 없던 차별이 생겨나기라도 했다고 생각하는 걸까.

이성애자 한 명은 이성애자 이미지를 망칠 수 없다. 성경에 나오는 수많은 이성애자들이 근친상간, 강간, 살인, 폭력을 일삼지만 그것이 이성애를 멈춰야 할 이유가 되지는 않는다. 하지만 성경에 등장하는 몇 안 되는 성소수자들은 동성애를 하지 말아야 할 근거가 된다. 현실에서도 마찬가지다. 성소수자 한 명은 그 자체로 대표성을 띠고, 전체를 일반화시킬 수 있는 근거가 되어 비난받곤 한다. 왜? 주변에서 성소수자를 쉽게 찾아보기 어렵기 때문이다. 왜 쉽게 찾아볼 수 없을까? 성소수자로 커밍아웃했을 때 일어날 만한 일을 상상해보면 답이 나온다. 〈까칠남녀〉 성소수자 특집 방송 촬영 당시 같이 출연한 한 패널은 나에게 이렇게 물었다. “그런 사람들은 어디에 있어요?” 자신의 주변에서는 성소수자를 쉽게 만나기 어려운데 도대체 어딜 가야 만날 수 있냐는 의미의 질문이었다. 1년 가까이 같이 방송한 내가 바로 옆에 있는데도 성소수자는 어딘가 특별한 곳에 가야 만날 수 있는 ‘특수’한 존재라고 생각했나보다.

눈치챘을지 모르겠지만 성소수자도 사람이다. 가끔 성소수자들끼리 특별한 주파수로 서로를 알아본다고 생각하시는 분들을 만나곤 하는데, 그들에게 되묻고 싶다. 성소수자가 아닌 사람들은 서로를 성소수자가 아닌 존재로서 서로를 알아보는지. 만약 그게 가능하다면 본인이 인지한 성소수자가 아닌 사람들을 전체 인구에서 빼면 되겠다. 그럼 누가 성소수자인지 알아볼 수 있다. 쉽다. 진심으로 받아들이는 분은 없으리라 믿는다. 성소수자들이 서로를 알아본다면 그건 무슨 특별한 감각을 가져서가 아니라, 그만큼 열려 있기 때문이다. 내 주변에 성소수자가 없을 거라고 생각하지 않으면 당신도 성소수자를 만나게 될 것이다. 만약 주변에 성소수자가 아무도 없다면 그건 당신이 편견덩어리라는 증거일 수도 있다. 믿을 만하지 않은 사람에게 커밍아웃하는 사람은 없다.

코로나19가 이태원 클럽을 중심으로 확산되었을 때, 각종 언론에서는 성소수자들이 부도덕해서 감염병이 확산되었다는 듯 사람들의 혐오를 정당화할 만한 기사를 앞다투어 내놓았다. 어떤 이들은 홍석천의 SNS로 몰려가 '대표 게이'로서 한마디해달라는 댓글을 달기도 했다. 모 지자체에서는 성소수자단체에 연락해 '명단'을 달라고 요구했다. 성소수자를 특별한 '집단'으로 인식하기 때문에 일어나는 일이다. 성소수자들은 평소에는 숨어서 살기를 요구받으면서도, 어떤 사건이 일어나면 사회적으로 호출된다. 이런 일들을 보고 '아, 성소수자에 대한 편견과 혐오가 존재하는구나!' 알아

차리면 좋으련만 그런 사람들은 흔치 않다. 왜? 대개 남 일이라고 생각하니까. 가끔 "내 주변에만 없으면 돼"라거나 "굳이 티 내지 않고 살아도 되잖아"라면서 자신은 편견이 없다고 말하는 사람들을 만난다. 그게 바로 차별이다. 그래서 차별을 차별이라고 말하는데, 자기처럼 열린 사람을 차별하는 사람 취급을 하냐면서, 성소수자들을 '도와주려고' 하는 자기 마음을 몰라준다며 화를 내는 사람들이 있다. 차별을 하면서도 차별하는 사람 취급받기는 싫어한다.

어쨌든 앞서의 사건으로 은하선은 성소수자의 이미지를 망친 '사기꾼' 양성애자가 되었다. '역시 성소수자는 이상해'라는 편견을 강화하는 데 일조한 것이다. 그렇다면 지금부터라도 착하고 바르게 살아야 할까? 성소수자 선행 모임이라도 만들어서 길거리 쓰레기도 줍고 봉사활동도 다니면 성소수자를 바라보는 세상의 시선이 달라질까? 모든 성소수자가 도덕적으로 올바르게 살면 성소수자의 이미지가 '긍정적'으로 바뀔 수 있을까? 그나마 한 가지 다행스러운(?) 건 굳이 이번 일이 아니었더라도 나는 충분히 성소수자라는 이유만으로 '생명을 죽이고 국가를 파괴'하는 범죄자 취급을 받으며 살았을 거라는 점이다. 성소수자의 삶이 어떠한지 본 적도 없고 관심도 없어서 쉽게 차별이 없다고 말할 수 있는 사람들, 또는 상상 속 성소수자를 만나고 그들에게만 관심이 있어서 성소수자를 나라를 파괴하고 생명을 죽이는 괴물로 취급하는 사람들. 이들이 던지는 차별과 혐오를 견디지 못하고 싸우는 성소수자들은 국가를 파괴하는 범죄자가 되고, 부모 가슴에 대못을 박는 불효자식이 되고, 세 명은커녕 한 명의 자식도 낳지 못하는 비애국자가 된다. 여기에 '사기꾼'이라는 단어 하나쯤 더 붙는다고 크게 달라질 건 없다.

다시 그때로 돌아간다면 똑같이 행동할지 잘 모르겠지만 아마 가만히 있지는 않을 거다. 결과가 어찌 됐건 수많은 언론이 이 일을 다뤘고, 사람들은 성소수자가 나오는 방송을 했다는 이유로 PD를 비롯한 제작진과 출연진이 겪은 혐오를 기억하게 되었다.

문제는 은하선이 아니다

은하선은 물러가라, 은하선은 물러가라, 은하선은 물러가라. '은하선 반대'가 쓰인 작은 종이를 손에 든 학생들이 강의실 밖에 서서 구호를 외치고 있었다. 그들이 비싼 밥 먹고 바쁜 시간을 쪼개 강의실 앞을 찾아와 나더러 물러가라고 목이 터져라 외친 이유는 크게 세 가지였다. 첫 번째, 은하선은 신성모독을 한 사람이다. 두 번째, 은하선은 남성혐오자다. 세 번째, 은하선은 양성애자다. 은하선의 강의를 막기 위해 모인 사람들, 난 그 사이를 비집고 강의실로 들어갔다. 그날의 강의 제목은 '대학 내 인권활동 그리고 백래시'. 학교를 다니면서 마주했던 페미니즘이 절실한 순간에 대해 강의할 예정이었다. 싸움의 역사는 왜 이리도 반복되는지, 그 사이에서 우리는 언제까지 쳇바퀴를 도는 듯한 기분을 느껴야 하는지 나누고 싶었다. 그런데 강의 제목과 딱 맞는 일이 강의실 밖에서 일어나고 있었다.

강의실 안에는 강의를 듣기 위해 역시나 자신의 소중한 시간을 내서 모인 사람들이 있었다. 단지 시끄럽다는 이유로 강의를 취소할 수는 없는 노릇, 의미가 없는 외침은 그저 소음이다. 소음일 뿐이다. 나에게 타격을 줄 수 없다. 주최 측에 마이크 볼륨을 최대로 올려달라고 요청했고, 내가 낼 수 있는 한 가장 큰 목소리로 두 시간 가까이 강의를 진행했다. 강의가 끝난 후에 녹음 파일을 들어봤더니 이렇게까지 시끄러운 곳에서 어떻게 강의를 했나 싶어 스스로가 기특해질 정도였다. 누군가는 '어떻게 그런 상황에서 강의를 할 수가 있냐, 멘탈이 대단하다'고 말하기도 했지만 그런 상황에 놓이면 누구라도 강행을 택했을 거다. 혐오를 앞세워 입을 막으려는 그들 앞에서 그들이 원하는 대로 강의를 멈춰줄 수는 없었다. 강의가 끝난 즉시 한 기독교 언론에서는 〈연세대 은하선 강의 끝내 강행〉이라는 제목의 기사를 냈고, 다른 여러 매체에서도 은하선 강의에 반대하는 학생들의 사진이 담긴 관련 기사를 앞다투어 내놓았다. 이튿날에는 네이버 급상승 검색어 4위에 은하선이 올랐다. 도대체 은하선이 뭐하는 인간인가 싶어서 찾아본 사람이 그만큼 많았다는 의미다.

이 모든 건 연세대학교에서 열린 특강에서 일어난 일이었다. 자신들의 학교에서 은하선이 강의를 한다는 사실을 알게 된, 교내 기독교단체에서 활동하던 한 음악대학 학생은 찌라시를 배포하며 학생들에게 서명을 받았다. 연세대학교 커뮤니티와 그 학생의 SNS에는 찌라시를 함께 돌릴 학생들을 모집하는 글이 올라왔다. 순식간에 1000명이 넘는 학생들이 서명했고 연세대학교에서 은하선 특강을 반대하는 서명운동이 대대적으로 일어나고 있다는 기사까지 떴다. 그 학생이 배포한 찌라시에는 가짜뉴스가 잔뜩 적혀 있었는데, 당시 은하선 나무위키 문서를 그대로 베껴서 쓴 것으로 추정된다. 나무위키는 누구나 참여할 수 있는 온라인 오픈형 백과사전이기 때문에 각종 자료가 아카이브되어 있어서 편리하지만, 가짜뉴스나 잘못된 정보를 빠르게 퍼트리는 데 좋은 도구가 되기도 한다. 문서의 역사를 클릭해보면 문서가 만들어진 이후 누가 어떤 내용을 추가하거나 수정했는지 알 수 있는데, 찌라시 서명지가 돌던 당시 은하선 나무위키 문서를 살펴보면 많은 부분이 겹친다.

사람들은 무엇이 진실인지 알고 싶어 하지 않는다. 재미있으면 그만이고 자극적이면 그만이다. 당사자가 아무리 사실이 아니라고 외쳐봤자 가짜뉴스가 퍼지는 속도를 따라잡을 수 없다. 종이 아깝게 그 내용을 전부 언급할 필요는 없으니 몇 가지만 살펴본다면 다음과 같다. 미성년 성관계와 자위를 조장했다는 내용과 중고생 시절 성관계를 미화했다는 내용. 10대 시절 섹스 경험에 대해 책과 인터뷰를 통해 밝힌 건 사실이지만 '미화'를 했다니 무슨 소리인지 도통 모르겠다. 내가 '더러운' 섹스를 아름답게 포장이라도 했다는 소리인가. 심지어 은하선이 자위행위를 조장해서 방송통신심의위의 징계를 받았고 그로 인해 방송 출연 정지 검토 대상이 되었다는 허위사실도 함께 실려 있었다.

사실은 이렇다. EBS 젠더 토크쇼 〈까칠남녀〉의 '자위' 편에서 모든 패널이 다 같이 자위에 대해 토론한 적이 있고, 그때 나도 패널로 참여해 자위에 대해 발언했다. 그 방송에 대해 방송통신심의위 방송소위원회가 권고 조치를 내렸다. 권고는 심의 규정 등의 위반 정도가 경미할 때 해당 방송 프로그램의 책임자나 관계자에게 내리는 조치다. 도대체 무엇을 위반했다는 것일까. 당시 방송소위의 한 위원은 자위를 성적 유희로 취급하고 비교육적으로 방송이 진행됐다고 말했다. 그러나 모든 위원이 한목소리를 낸 것은 아니다. 또 다른 위원은 심야 시간대에 자위와 성행위에 대해서 이야기할 수도 있게 됐다, 프로그램을 보고 사회가 변했다고 생각했다는 의견을 밝혔다. 그러니 은하선이 자위행위를 '조장'해서 방송통신심의위의 징계를 받았다거나 그로 인해 출연 정지 검토 대상이 되었다는 건 거짓이다. 허위사실을 작성하면서도 사람들에게 신뢰를 주고 싶었는지 각 내용 옆에는 기사 제목과 언론사 이름, 날짜가 함께 명시되어 있었다. 찌라시를 읽은 대부분의 사람들은 찌라시의 주장을 뒷받침해줄 만한 기사가 있다고 생각하게 된다. 문제는 찌라시의 내용과 관련 자료인 양 명시한 기사 내용이 전혀 다르다는 점이다. 바쁜 현대인들은 안타깝게도 그 기사가 실제로 그러한 내용인지 굳이 찾아보지 않는다.

연세대 강의 이후 부적절한 연사인 은하선을 초청했다는 이유로 총여학생회 물러가라는 움직임이 강하게 일었다. '양성애자'이자 '남성혐오자'이고 '신성모독'을 한 은하선. 내 이름에는 많은 수식어가 붙었다. 찌라시에는 이렇게 적혀 있었다. "불법과 부도덕의 남성혐오 신성모독자 은하선 작가의 강연을 반대합니다." 제목이 다소 길다. 하고 싶은 말이 많았나보다. 은하선이라는 이름에 덕지덕지 붙은 수식어들은 그들이 나를 어떻게 바라보고 싶은지, 어떻게 소개하고 싶은지가 잘 드러나 있다. 아, 그들이 무엇을 싫어하고 두려워하는지도 정확히 보여준다. 양성애자, 남성혐오자, 신성모독. 얼핏 보면 이 단어들은 서로 전혀 관련 없어 보이지만 사실은 끈끈한 매듭으로 연결되어 있다.

2015년 《이기적 섹스》를 출간한 이후 여러 매체와 인터뷰를 했지만 텔레비전의 파급력은 차원이 달랐다. 〈까칠남녀〉를 하면서 한 유명 예능프로그램의 패널로 러브콜을 받기도 했고, 여러 방송에 얼굴을 내밀기도 했다. 방송은 재미있다. 하기 전에는 알지 못했다. 내가 누군가의 앞에서, 그것도 카메라가 돌아가는 공간에서 말하는 걸 좋아한다는 사실을 말이다. 몰랐던 부분을 발견하니 삶에 활력이 생겼다. 또한 내가 할 수 있는 말들을 머릿속에 정리하는 시간들 사이에서 하고 싶은 말과 할 수 있는 말이 무엇인지를 알게 되고, 하고 싶은 말이라고 무조건 다 할 수 있는 건 아니라는 당연한 사실도 다시 한번 깨달았다. 방송이 재미있었지만 그 일은 수많은 사람들의 말을 견뎌내야 하는 일이기도 했다. 게다가 방송계는 시시각각 변하는 곳이다. 몇 달 전까지만 해도 매일같이 이 프로그램 저 프로그램 텔레비전을 틀기만 해도 수도꼭지 틀면 물 나오듯 나타나던 방송인이 한순간에 싹 사라지기도 한다.

〈까칠남녀〉 하차 통보를 받은 이후 그때만큼 활발하게 방송활동을 하지는 못하고 있다. 유튜브 방송, 팟캐스트 등을 했지만 그 방송과 이 방송은 조금, 아니 많이 다르다. 아쉬운 점도 있지만 세상일은 내 마음대로 되지 않는 법이니 어쩔 수 없다. 방송활동을 이어가지 못하는 건 그렇다 치더라도, 〈까칠남녀〉를 하차한 지 몇 년이 지난 지금까지도 여전히 나를 따라다니는 그들을 어떻게 하면 좋을지 누가 좀 알려줬으면 좋겠다. 팬도 이런 팬이 없다. 안티팬이라서 그렇지 그들만큼 은하선한테 관심 많은 사람도 없을 거다. 엄마 아빠보다도 나한테 관심이 많은 사람들이다. 지금도 은하선의 이름을 검색해 행사마다 민원을 넣는 사람들이 있을 정도다. 일상은 여전히 싸움이다. 모 단체 활동가는 나에게 강의를 요청하면서 민원이 들어올지 모르니 웹자보를 만들지 않겠다고 말하기도 했다. 일정을 내부에서만 공유하겠다는 이야기도 덧붙였다. 온라인상에 일정이 공개되면 부지런한 사람들이 민원을 넣고 그로 인해 실제 강의 진행이 어려워지기도 하니까 조용히 진행하겠다는 뜻이다.

2018년, 세계인권선언 70주년 전북지역 기념행사에 인권운동가 박래군 선생님과 함께 패널로 참석한 적이 있다. 행사 장소는 전주시청 강당이었다. 주최 측에서 행사 시간보다 조금 빨리 와줄 수 있겠냐기에 여유 있게 행사장에 도착했다. 초행길이라 혹시 몰라 터미널에 내려서는 택시를 탔고, 이내 도착해서 행사장으로 들어가는데 아직 시간이 꽤 남아 있어서인지 사람도 없고 조용했다. 한산한 공기를 마시며 행사장을 둘러봐야겠다고 마음먹었다. 배가 고프니 편의점에 가 두유라도 사서 마셔야겠다는 생각도 했다. 그런데 웬걸, 정문으로 나가니 상황이 복잡했다. 내가 들어간 입구는 후문이었고 정문 쪽 상황은 완전 딴판이었던 것이다. 전주시청 앞에는 혹시 일어날지 모르는 상황을 방지하기 위해서 주최 측에서 미리 요청한 경찰들이 서 있었다. 그리고 그곳에 그들이 있었다. 통성기도를 하는 그들이 말이다.

'성인용품 업체 대표를 인권 강사로 초청 승인하다니 전주시는 제정신이냐', '성평등 아니죠! 양성평등 맞습니다', '자위 전문가가 인권 강사란 말인가! 전주시는 철회하라', '섹스토이 사장이 인권 강사란 말이냐! 전주시는 각성하라'. 멀리서도 보일 만큼 큼지막하게 만든 다양한 현수막도 함께였다. 전주시 공무원분들이 이 행사에 초청된 은하선 때문에 애를 썼다는 소식을 전해 들을 수 있었다. 업무가 마비될 정도로 많은 전화가 왔단다. 이쯤 되면 행사가 열릴 수 있다는 게 신기할 정도였다. 행사가 진행되는 동안에도 그들은 시청 앞에서 통성기도를 하며 기도로 정화(?)를 했다는 소식도 후에 들을 수 있었다.

전주MBC는 이 일련의 사건을 보도하면서 '강연자 성정체성 두고 반대 집회 열려 소동'이라는 헤드라인을 뽑아냈다. 전북기독포럼의 활동가 한 분은 "성인용품 업체 대표입니다. 그런 분이 인권을 말하고 평화를 말한다는 것이 적절치 않다고 저희들은 보기 때문에"라는 인터뷰를 했다. 그들이 문제삼고 싶었던 게 정확히 무엇인지 알고 싶다. 은하선이 와서는 안 되는 이유는 무엇인가. 은하선의 문제점은 무엇인가. 양성애자라서 문제인가. 섹스토이를 팔아서 문제인가. 섹스토이는 평화롭지 않은가. 섹스토이를 파는 사람은 평화를 외칠 수 없나. 딜도만큼 평화로운 물건이 세상에 또 어디 있다고. 아무리 요리 보고 저리 봐도 이해할 수가 없었다. 차라리 '우리는 그냥 은하선이 싫다'고 말하면 납득할 수 있을 것 같았다. 나를 싫어하는 사람은 어디에나 있으니까.

한번은 예정된 강의가 갑자기 취소되기도 했다. 겨우 며칠 앞둔 시점이었다. 강의를 주최한 단체에서는 진행이 어렵게 되었다는 소식을 전하며 민원이 여러 건 들어왔다는 말을 덧붙였다. 규모가 작은 단체일 경우 쏟아지는 민원을 견디면서 진행하기가 어렵기도 하다. "강사 선정에 있어 부주의"했다는 표현을 사용해 나에게 문제가 있다는 뉘앙스로 강의 취소 소식을 전하는 데 다소 씁쓸했지만, 단체의 입장을 이해하지 못하는 것도 아니었다. 이번엔 또 누가 이런 일을 벌였나 싶어서 포털사이트에 검색해보니 '성다수자인권위원회'라는 블로그에서 강의 웹자보를 공유하며 민원을 넣자고 으쌰으쌰 하고 있었다. "저 정신 나간 양성애자", "진짜 정신 나간 미친년"과 같은 말들을 내뱉으면서 말이다. 은하선을 검색하면 좋은 말보다 나쁜 말이 더 많이 나오지만 그럼에도 주기적으로 검색을 해야만 한다. 무슨 일이 일어나고 있는지 알아야 대처할 수 있다. 요즘 나는 강의나 행사 소식을 SNS에 되도록 공유하지 않는다. 타깃이 되는 일은 피곤하다.

이쯤 되니 '은하선'이라는 이름이 무겁게 느껴져서 활동명을 바꿀까 생각도 해봤다. 그러나 문제는 그들이 단순하게 은하선을 싫어해서 이런 일을 벌이는 게 아니라는 사실이다. 그들이 물러나게 하고 싶은 건 단순히 은하선 한 명이 아니다. 나 한 사람이 어디에도 얼굴을 비추지 않고 조용히 살면 모든 일이 해결될까? 전혀 아니다. 심지어 그들은 은하선이 누군지 얼굴도 제대로 모른다. 어째서 그렇게 생각하느냐고?

정의당 경기도당에서 주최한 시민 초청 간담회에서 성평등 조례가 왜 필요한지 발제한 적이 있다. 그날도 그들이 와서 행사를 방해할 수 있겠다고 예상했으나 월요일 낮 시간이라 그랬는지 예상외로 부드럽게 마무리할 수 있었다. 물론 시민 한 분이 질의응답 시간에 혐오 발언을 하시기도 했지만 종이도 아깝고 그 정도 일은 사건이라고 명명하기에도 너무 작으니 넘어가자. 간담회를 마치고 경기도의회를 빠져나와서 조금 걷고 있었는데, 누군가 나에게 서명을 하고 가라며 종이를 나눠줬다. 오늘 이 옆에서 동성애를 옹호하는 행사가 있었다고 말하는 그들의 눈에선 빛이 났다. '문제가 있는 사람도 왔었다'고 말을 하는데 알고 보니 그게 나였다.

그러니까 은하선을 붙잡고 은하선 반대 서명을 받으려고 한 거다. 맙소사! 난 그분들이 나눠준 종이를 구겨지지 않도록 잘 들고 집으로 돌아와 자료 아카이브 차원에서 사진을 찍어 두었다.

은하선은 대표로 돌을 맞는 것뿐이다. 은하선이 아니더라도 일상을 살아가는 성소수자들이 존재하고, 성소수자들을 '음란'이라는 키워드에 가둬서 어떻게든 문제삼고 싶어 하는 사람들이 있다. 문제는 '혐오'이지 '은하선'이 아니다. 나는 섹스토이 판매업 이외에 요식업도 하고 있지만, 은하선을 문제삼고 싶어 하는 이들에게 이는 '불필요한' 사실이다. 성인용품, 섹스토이, 딜도라는 단어들을 조합해 은하선의 전부를 표현하고 싶어 하기 때문이다. 그들의 욕망에 따라 나는 축소되고 납작해진다. 납작해진 나는 인권은커녕 평화도 말할 수 없는 사람이 된다. 내가 무슨 말을 했는지는 전혀 중요하지 않고 오로지 나의 정체성과 존재만이 문제시 될 때 힘이 빠진다. 강의를 이만큼 준비해가도 언론에서는 강의 내용이 무엇인지 한 줄도 거론하지 않은 채 강연장에서 일어난 일만을 자극적으로 다룬다. 이쯤 되면 어쩌란 말인가 싶어진다. 양성애자인데, 그래서 뭐 어쩌라고. 섹스토이를 파는데, 그래서 뭐 어쩌자고. 이러한 사실들은 아무런 문제가 없다. 거기에 투영되는 혐오가 문제다. 결국은 그렇게 보는 자신이 문제라는 사실을 그들은 모른다. 내가 섹스토이 사업을 그만두면 가장 슬퍼할 사람은 내가 아니라 바로 그들일 것이다. 더 이상 섹스토이를 가지고 딴지를 걸 수 없을 텐데, 심심해서 어쩌려고 그러는지 모르겠다.

누구나
혐오의 타깃이
될 수 있다

머리가 긴 남자를 법으로 금지했던 시절이 있다. 호랑이 담배 피우던 시절 이야기 같지만 놀랍게도 1970년대 이야기다. 장발의 기준은 '남녀를 구분할 수 없을 정도로 긴 머리'였다. '여자처럼 보일 수도 있을 정도'로 머리가 길었던 남성들은 타인에게 불안감과 혐오감을 준다는 이유로 경찰서에 끌려가 머리를 짧게 깎였다. 2025년인 지금, 더 이상 길거리 장발 단속은 존재하지 않는다. 머리가 길다는 이유로 경찰서에 끌려가는 일 같은 건 없다. 원하면 누구든지 허리까지 머리를 기를 수 있는 시대다. 하지만 여전히 남성들은 '자유롭게' 머리를 기르지 않는다. 머리가 긴 남성은 머리가 짧은 여성보다도 찾아보기 힘들다. 짧은 머리를 한 여성들이 늘어나는 현실 속에서도 남성들은 짧은 머리를 고수한다. 왜 대다수의 남성들은 여전히 아직도 '자발적' 장발 금지령 속에서 살고 있을까.

예전에 머리가 짧았던 나는 클럽에서 한 남성과 키스를 하다가 모르는 사람에게 머리를 세게 얻어맞은 적이 있다. 순간 눈앞이 하얘졌다. 그는 내 얼굴을 보고 바로 사과하더니 '남자인 줄 알았다'고 말했다. 그러니까 남자와 남자가 키스하는 줄 알고 때렸다는 것이다. 아니 그럼 남자와 키스하는 남자는 때려도 된다는 말인가. 자신이 보기에 거슬리면 폭력을 휘둘러도 된다는 건가. 나는 '게이'도 '남성'도 아니었지만 머리가 짧다는 이유로 게이 남성에게 가해지는 혐오범죄의 피해자가 되었다.

2016년 8월경 한국게이인권운동단체 친구사이의 회원 한 명이 종로에서 만취한 30대 남성에게 "호모새끼들아"라는 욕설과 함께 얼굴을 가격당하는 일이 벌어졌다. 2011년에는 종로 근처에서 손을 잡고 걷던 게이 커플이 남성 세 명에게 폭행을 당했다. 이 외에도 성정체성을 밝히는 것이 두려워 드러내지 못했을 뿐 수많은 성소수자 혐오범죄의 피해자들이 존재한다. '호모'와 '게이'가 욕이 되는 사회에서 게이로 보이거나 게이일 수 있는 사람들, 게이인 사람들은 언제 닥칠지 모르는 폭행의 위험 속에서 살아가고 있다.

2017년 네덜란드에서는 한 게이 커플이 손잡고 길을 걷다가 집단폭행을 당하는 사건이 벌어졌다. 네덜란드는 2001년 세계 최초로 동성결혼을 법제화한 나라다. 그런 나라에도 성소수자 혐오가 존재한다니 암담하지만 이것이 현실이다. 이성애자처럼 보이지 않으면 길을 걷다가도 맞을 수 있다는 슬픈 현실 속에서 많은 성소수자가 이성애자처럼 '보이기' 위해 노력한다. 하지만 더욱 놀라운 점은 성소수자들만 '이성애자 코스프레'를 하는 게 아니라는 점이다. 이 사회가 정해놓은 '여성'과 '남성'의 틀에서 조금이라도 벗어나는 순간 누구나 성소수자로 '의심'받으며 혐오의 대상이 되기 때문에, 지구상에 인간으로 태어난 누구나 공격당하지 않기 위해서라도 끊임없이 성소수자가 아님을 드러내기 위해 애쓴다.

유튜브에서 자신만의 독특한 화장법을 제안하며 활동하고 있는 한 뷰티크리에이터는 '화장하는 남자'라는 이유로 성소수자라고 오해받는다. 그는 오해에서 벗어나기 위해 자신이 게이나 트랜스젠더가 '절대' 아니라는 점을 꾸준히 이야기하고 있다. 방송을 통해 "사람들이 왜 내 아랫도리를 궁금해하는지 모르겠다"며 "규정짓지 말아달라"고 부탁하기도 했다. 그는 왜 자신이 '이성애자 남성'임을 증명해야 할까. 그 어떤 연예인도 이성애자라고 '오해'받지 않는다. 이성애자로 오해받는 상황을 더 이상 참을 수 없어서 성소수자임을 증명하는 연예인은 없다. 아마도 그는 자신에게 꼬리표처럼 달라붙는 '게이' 혹은 '트랜스젠더'라는 단어가 절대 긍정적인 의미가 아니라는 걸 알고 있을 것이다. 그 때문에 과거 연애 상대의 성별이 '여성'이라고 밝히면서까지 자신이 가진 '남성성'을 강조하는 작업을 멈출 수 없는 것이다.

사실 게이라고 오해받는 건 별로 어렵지 않다. 대중이 생각하는 '남성'에서 조금만 벗어나도 게이 소리를 들을 수 있기 때문이다. 화장을 하거나 높은 톤의 목소리를 내거나 옷차림에 신경을 많이 쓰거나 하다못해 섬세한 손놀림을 보여주는 것만으로도 대중이 선정한 게이가 될 수 있다. 연예인의 성적 지향이나 성정체성을 둘러싼 여러 루머들을 보고 있으면 소위 대중이라는 사람들이 성소수자에 얼마나 무지한지 알 수 있다. 성소수자 혐오가 존재하는 한, 연예인들은 본인이 성소수자이거나 혹은 성정체성에 대해 크게 고민해본 적이 없더라도 일단 무조건 이성애자라고 말해야 한다.

가수 선미는 2019년 6월 암스테르담에서 열린 한 콘서트에서 무지개 깃발을 두르고 성소수자를 지지한다는 발언을 했다가 '해명 글'을 올려야 했다. 커밍아웃이 아니냐는 이야기가 번졌기 때문이다. 사회적으로 알려진 누군가가 성소수자를 지지한다는 말을 했을 때 돌아오는 반응이 이렇게나 가볍다. 그래서 성소수자라는 거야? 아니 본인이 성소수자도 아니면서 왜 지지한대? 선미 레즈래? 선미 여자친구가 누구라고? 성소수자를 지지한다는, 한국 연예인으로서는 쉽지 않은 무거운 발언 이후에 따라오는 대중의 반응은 가벼움을 넘어 성소수자 혐오를 그대로 드러낸다.

나는 여성 파트너와 같이 살고 있는 바이섹슈얼, 즉 양성애자 여성이다. 나에게도 한때 멋진 커밍아웃을 꿈꾸던 시절이 있었지만 그 꿈은 오래가지 않았다. 네 살 터울의 여동생이 어느 날 우연히 내 인터뷰 기사를 접한 것이다. 부모님에게는 내가 직접 말할 테니 시간을 조금만 달라고 부탁했으나 동생이 자비를 베풀어주지 않은 탓에 나는 갑자기 원하지 않는 커밍아웃, 즉 아웃팅을 당해버리고 말았다. 내가 양성애자라는 사실을, 그리고 몇 년째 같이 살고 있는 언니가 나의 파트너라는 사실을 내 입도 아닌 동생의 입을 통해 알게 된 엄마는 오열했다.

"너 원래 남자 좋아했잖아. 그럼 너는 남자도 좋아하고 여자도 좋아하는 거야? 무슨 애가 그렇게 줏대가 없어. 너 안 되겠다. 차라리 한쪽을 정해."

만약 내가 레즈비언이었다면 엄마가 받아들이기 쉬웠을까. 물론 알 수 없는 일이다. 양성애자인 나는 왜 남성이 아닌 여성 파트너와 사는 걸 택했는지에 대한 질문을 종종 받는다. 이 질문은 '멀쩡한 이성애자'처럼 살 수도 있는데 왜 굳이 '어려운 레즈비언'의 삶을 살고 있는가, 라는 질문일 것이다. 남자도 좋아하면 그냥 남자를 만나서 '이성애자처럼' 살면 되지 않느냐는 이야기. 그랬다면 정말 내 인생이 지금보다 나았을까. 사람들은 내 파트너의 성별에 따라 나를 레즈비언 혹은 이성애자로 본다. 내가 남자랑 사귀면 이성애자, 여자와 사귀면 레즈비언으로.

여자를 만나던 내가 남자를 만나게 된다면 많은 사람이 아마 '드디어 이성애자가 되었구나' 하고 생각할 것이다. 바이섹슈얼은 그렇게 이해된다. 그러니 내가 여성 파트너와 살고 있다고 말하면 한 치의 고민도 없이 '레즈비언이냐'고 물어보고 '이렇게 여성스러운 레즈비언은 처음 봤다'는 말이 나오는 것이다. 이 말은 머리가 짧고 바지를 입는 여성만 레즈비언인 줄 알았는데 이렇게 치마 입고 화장하는 여자가 레즈비언일 줄은 몰랐다는 뜻이다. 나는 레즈비언이 아니지만 레즈비언에 대한 편견은 고스란히 나에게 온다. (물론 바이섹슈얼에 대한 편견이 없다는 뜻은 아니다.) 나는 그 사람 인생 최초의 레즈비언이자 '지나가는 레즈비언1'이라는 이름표를 달게 된다.

텔레비전 방송을 포함한 여러 매체를 통해서 바이섹슈얼, 양성애자라고 커밍아웃한 이후에도 상황은 달라지지 않았다. 성소수자가 자신의 성적 지향, 성정체성을 다른 사람들에게 공개적으로 직접 알린다는 게 너무 충격적인지 내 입으로 직접 양성애자라고 말하는데도 사람들은 도통 믿질 않는다. 인터넷에는 아직도 이런 글들이 떠다닌다. "은하선 레즈라는데 사실인가요?" "은하선 레즈비언 맞나요?" 이런 질문들에 심지어 친절하게 "네. 맞습니다" 하며 답변을 달아주는 사람까지 있다. 맞긴 뭐가 맞단 말인가. 하나부터 열까지 다 틀렸는데 자기들끼리 나만 빼고 은하선을 레즈비언으로 만들어버린다. 이러다가 은하선이 레즈비언인지 아닌지 자기들끼리 찬반 투표라도 할까봐 겁난다.

부모님 집에 손님을 한 분 초대한 일이 있었다. 그분이 도와주신 일이 잘 해결되어서 고마운 마음에 마련한 자리였다. 내가 나가던 방송에 그분이 게스트로 출연한 적이 있어 이미 안면이 있었기 때문에 나도 시간을 내서 그 자리에 함께했다. 화기애애하게 맛있는 저녁을 먹으며 와인을 곁들이고 있는데, 그가 나와 내 동생을 가리키며 이렇게 말했다. "누가 먼저 결혼을 해서 아이를 낳을지는 모르겠지만." 저기요, 잠깐. 순간 당황스러운 나머지 나는 "모르세요?"라고 물었다. 그는 전혀 몰랐다. 내가 커밍아웃한 양성애자라는 사실도, 여성 파트너와 함께 살고 있다는 사실도. "지난번에 뵈었을 때 제 옆에 있었던 사람이 파트너인데요"라고 말하자 매니저인 줄 알았단다. 이럴 수가. 매니저를 대동하고 다닐

만큼 스케줄이 많은 사람으로 봐주었다니 감사해야 할까. 그가 상상할 수 있는 세계 안에서 동성부부라는 가능성은 고려하기 힘든 영역이었을 것이다. 누군가를 당연히 시스젠더 이성애자로 규정하거나, 결혼이나 자녀 계획에 대한 질문이 매우 무례한 일이라는 사실 따윈 그에게 중요하지 않았는지 이렇다 할 사과 한마디 없이 넘어갔다.

문제는 거기서 멈추지 않았다는 것이다. 커밍아웃한 자녀가 있는 가정을 처음 봤던 그는 힘드셨을 텐데 어떻게 받아들이셨느냐, 대단하시다며 부모님을 추켜세우기 시작했다. 어차피 바이섹슈얼이면 반반 좋아하는 거 아니냐는 막말까지 일삼는 그를 보다 못해 자리에서 나와버렸다. 성소수자 자녀의 존재는 한 집안의 불화이자 문제라는 발상 속에서 그러한 자식을 '받아들여준' 부모는 '대단한' 존재가 된다. 그런 이들에게 가족에게 커밍아웃한 성소수자가 왜 이렇게 적은지, 커밍아웃 이후 성소수자들이 어떤 어려움을 겪는지는 중요하지 않은 사실이다. 용기를 내야만 벽장에서 나와 내가 누구라고 외칠 수 있는 이들은 줄곧 없는 사람이 되고, 커밍아웃 이후에도 끊임없이 비성소수자로 읽힌다. 되묻고 싶다. 성소수자는 누군가가 '받아들여야만' 하는 존재인가. 바로 그런 생각 때문에 혹시라도 '버려질까봐' 자신을 숨기는 이들이 세상에는 얼마나 많은가.

어떤 기독교인들과 목사들은 동성애는 타고난 것이 아니라 후천적으로 생겨나는 것이기 때문에 '탈동성애'가 가능하다는 입장을 꾸준히 펼치고 있다. 동성애는 문제이며 그 문제는 후천적으로 생기는 것이기 때문에 동성애에서 벗어나는 것으로 문제를 청산하자는 게 그들의 주장이다. 과거에는 동성애자였으나 탈동성애를 해 하나님의 자녀로 살고 있다던 한 목사는 매년 퀴어문화축제에 참석해 탈동성애를 외쳤다. 왜인지 그의 표정을 보면 놀러 온 사람 같았지만 그건 나의 기분 탓일 거다.

나는 가끔 우스갯소리로 이런 이야기를 한다. 지금 여성 파트너와 함께 살고 있는 내가 만약 "그동안 아무래도 잘못 살아온 것 같다. 앞으로는 동성애에서 벗어나 남자와 사랑하는 삶을 살겠다"라며 '탈동성애' 선언을 한다면 어떻게 될까. 동성 파트너와 섹스나 연애를 하지 않는 것만으로 '탈동성애' 선언을 할 수 있다면 누구보다 쉽게 '탈동성애' 할 수 있는 사람이 바로 나 같은 양성애자 아닌가. 진정으로 탈동성애를 했다는 증거로 남자를 만날 수도 있고 말이다. 의미도 없고 재미도 없는 '탈동성애'운동은 성소수자들을 잘못된 사람으로 지목한다. 악하고 문제적인 삶을 살고 있으니 하나님의 은총으로 교정되어야 한다며 주님의 이름으로 차별과 증오를 외친다. 정작 예수님도 처녀 잉태로 태어나셨으니 모계

염색체만 가지고 있는 성소수자일 텐데 말이다. 만약 예수가 성소수자의 존재를 부정하고 악의 축으로 바라봤다면 어째서 그의 탄생이 처녀 잉태일까. 정상가족의 모습만이 옳다고 말씀하고 싶으셨다면, 성소수자가 잘못됐다고 말씀하고 싶으셨다면 아마도 다른 모습으로 인간세계에 오셨을 거다.

모든 사람을 남성 혹은 여성, 둘 중 하나로 나누고 어떤 성별의 사람과 섹스하고 싶은지를 끊임없이 질문하며, 더더욱 남성스러워지기를 또는 더더욱 여성스러워지기를 강요하는 세상에서 어느 누가 자유로울 수 있을까. 대체 남성스러운 것이 무엇이고 여성스러운 것이 무엇이란 말인가. 뜨개질을 좋아하며 긴 머리를 늘어뜨린, 치마를 주로 입는 여성은 여성스러운 여성인가. 그렇다면 근육질의 몸으로 요리를 좋아하며 이종격투기를 즐겨 보면서 취미가 뜨개질인 남성은 어떤가. 개인의 어떠한 특성들을 가지고 여성스럽다, 남성스럽다, 두 가지 성별로 나누며 구분하는 세상은 현실에서는 이미 흐려진 지 오래다.

성소수자 혐오가 존재하는 세상, 성소수자라는 이유로 길을 걷다가도 모르는 이에게 폭행당할 수 있는 세상에서는 누구도 안전할 수 없다. 여자인지 남자인지 끊임없이 묻는 세상에선 누구나 혐오의 타깃이 될 수 있다. 당신이 성소수자가 아니라고 해도 말이다. 성소수자 혐오에 '나도' 노출될 가능성을 염두하지 않고는 성소수자 혐오의 심각성을 이해하지 못할 누군가를 위한 어쩔 수 없는 사족이다.

친구가 '되어준다'는 오만함

친구 만들기. 친구 찾기. 언제나 잘 이해되지 않는 표현이다. 마음만 먹으면 누군가와 친구가 될 수 있다니 신기해서다. 친해지고 싶다는 마음을 가지고 노력하면 누군가와 혹은 누구와도 친해질 수 있다니. 애니메이션 〈원피스〉의 유명한 대사처럼 "너 내 동료(친구)가 돼라" 직언하면 친구가 되는 것일까. 사람이 사람과 친구가 되기 위해서는 어떤 노력을 해야 할까. 그 사람이 원하는 말을 하고 그의 말에 귀 기울여주면 되는 걸까. 그토록 마음과 시간을 내주는 노력을 하면서까지 친해지고 싶은 사람을 만나기란 쉬운가. 누군가와 친하다고 말할 때 그 의미는 무엇인가. 그만큼 많은 시간을 함께 보냈다는 말인가. 내가 원할 때 전화하면 한 시간이고 두 시간이고 통화할 수 있다는 뜻인가. 아니면 열 일을 제치고 달려와 소주 한잔 기울이며 내가 하는 '아무 말'을 들어줄 준비가 되어 있다는 뜻인가. 사람들은 친하다는 말을 쉽게 쓰지만 그 의미는 단순하지 않다. 모두가 같은 의미로 친구라는 단어를 사용하지도 않고, 친하다는 표현을 입에 담지도 않는다. 누군가는 친하다는 말 속에 네가 어떤 사람이든 사랑하겠다는 무겁고 진지한 의미를 담겠지만, 누군가는 언제든 뽑아 쓸 수 있는 각티슈와 같이 가벼운 의미를 담는다.

2020년은 특별한 해였다. 비대면 시대의 새로운 시작이자 도약 속에서 사람들은 관계 맺고 서로가 연결되는 방법을 새롭게 배워나갔다. 직접 얼굴을 마주 보지 않고도 화면 앞에 모여 앉아 회의를 하고 수업을 들으며 때론 술을 마시기도 했다. 화면과 화면 사이의 미묘한 경계가 외로움이나 그리움을 전부 채워주진 못했다. 특히 사람들을 자주 만나고 그 안에서 에너지를 얻으며 살아왔던 이들에게는 쉽지 않은 시기였다. 그러나 사람에게 잘 치이고 원하지 않는 관계인데도 쉽게 끊어내지 못하며 지친 하루하루를 보냈던 이들에게는 소위 말하는 '디톡스'의 시간이 주어진 셈이었다.

같은 시대를 살아도 그 시대가 모두의 기억에 같은 그림으로 새겨지지는 않는다. 그 사이의 간극은 팬데믹이라는 시대 속에서 어느 때보다 선명하게 드러났다. 어쩌면 사람은 혼자 있는 걸 가장 두려워할지도 모른다. 코로나19와 함께 가족끼리의 만남도 자제해달라는 당국의 요청에도 불구하고, 주말마다 꼬박꼬박 교회에 가는 이들을 보며 생각했다. 어쩌면 그들이 놓지 못하는 건 신앙이나 신을 향한 강한 사랑이 아니라 사람 사이의 관계일지도 모른다고. 교회 네트워크는 단순히 신앙을 공유하는 데 그치지 않고 정치적인 인맥이 되기도 하며, 결혼과 같은 사적인 관계로 이어지기도 한다. 나의 일과 연결되고 때로 돈으로도 직결되는 네트워크를 놓아버리기란 쉽지 않다.

아리스토텔레스는 인간은 사회적 동물이라고 말했다. 맞는 말이다. 그렇지만 한편으론 고민하게 된다. 이 말이 과대 해석된 건 아닐까. 인간은 혼자 살 수 없고 누군가와 관계를 맺고 주고받으면서 살아가지만, 단지 더 많은 관계가 심리적인 안정감과 충만함을 보장하지는 않는다. 타인의 시선에 집착하며 타인의 인정만을 먹고 살아가는 사람들은 때로 어떤 타인을 내 곁에 둘 것인가를 취사선택하며, 사람으로 자신의 정치적인 입장을 드러낸다. 누구와 친하게 지낼 것인가를 자신이 원하는 대로 결정하려면 사회적으로 더 큰 힘을 가지고 있을 때 유리하다. 친분이란 결코 단순하지 않다. 때론 정치적인 욕망과 사회적인 욕망이 투영된다. '친하다'는 표현 또한 마찬가지다.

몇 해 전 짝꿍과 함께 여행차 파리에 갔다가 그곳에 살고 있는 짝꿍의 오랜 지인을 만났다. 오랜만에 만난 둘은 무척 반가워했고, 난 둘이 시간의 간극을 즐거운 이야기로 채울 수 있기를 바랐다. 하지만 세상일은 생각대로 되지 않았다. 짝꿍이 나를 파트너라고 소개하며 가벼운 스킨십을 하자, 지인이 "여기서 이러면 안 된다"는 말을 내뱉은 것이다. 이곳은 파리지만 그래도 개방적이지는 않다면서. 어려운 말이었다. 파리는 유럽 도시 중 하나고, 유럽의 도시는 동성애 친화적이지만 그래도 차별이 있으니 조심하라는 뜻이었을까, 아니면 본인이 파리에 살고는 있지만 동성연애하는 한국인을 마주하기엔 내 안의 호모포비아와 아직 싸우는 중이니 조심해달라는 의미였을까.

그의 말이 후자에 가깝다는 사실은 뒤에 덧붙인 몇 마디를 통해 알 수 있었다. 그는 자신도 게이 친구들이 있어서 알지만, 동성결혼에 찬성하지는 않는다고 말했다. 아이를 자기 삶의 액세서리처럼 생각하는 게이들이 많다면서. 게이이면서도 아이가 있는 정상가족에 대한 열망을 못 버려서 아이를 갖고 싶어 하는 사람들이 많다는 말, 그래도 '정상적'이진 않은데 태어날 때부터 사람들의 편견 어린 시선을 받을 아이가 잘 자랄지 모르겠다는 말이 뒤를 이었다. 그 말을 듣고 보니, 살면서 엉망이 되어버린 결혼생활을 지탱해줄 끈이자 발전한 자기 삶을 과시하기 위한 도구로 아이를 사용하는 이성애자를 오조오억 명 봤으면서도 그 이유로 이성 간 결혼 철폐를 외친 적은 없었다는 점이 부끄럽게 느껴질 정도였다.

너무 부드럽게 운동해왔구나, 반성하고 있는데 어느 순간 '게이 친구'라는 단어가 머릿속에서 커다란 글자로 떠올랐다. 여기서 그가 말한 '게이 친구'는 자신의 편견을 정당화하는 도구였다. 내 친구 보니까 그렇던데? 내 친구가 그렇게 말하던데? 자신의 라이프스타일을 드러내는 액세서리로 '게이 친구'를 사용하고 있는 건 누구인가. 나는 그냥 넘어가지 못했고, 그 덕분에 오랜만에 만난 짝꿍과 지인 사이의 공기는 어색해지고 말았다. 성소수자들끼리는 어떤 연결고리를 가지고 있으며 서로가 서로를 다 알고 있다고 착각하는 사람들이 종종 있다. 그런 착각 때문에 '내가 알고 있는 성소수자 친구' 한 명을 내세우면 자신의 말에 힘이 실린다고 믿는 이들이 존재한다. 하지만 비성소수자들이 제각기 다른 생각을 하며 세상을 살아가듯 성소수자들도 그렇다. 그 누구도 자신이 아는 이성애자 친구 한 명의 예를 들면서 정제되지 않은 말을 쏟아내지 않는다.

"내가 아는 이성애자가 한 명 있는데, 걔가 결혼을 했는데 말도 마. 남편이 바람을 피웠대. 역시 이성애자는 너무 별로지 않니. 세상에 세상에. 진짜 너무 부도덕적이야."

이런 말을 하는 사람 본 적 있다면 나한테 데리고 와봐라. 빵 사주게.

하고 싶은 말과 할 수 있는 말, 해야 하는 말은 다르다. 혐오인지도 모르고 혐오를 드러내는 사람들이 존재하는 한 커밍아웃 한번 잘못했다가 '친한 레즈비언', '친구의 친구 동성애자', '예전에 알았던 바이' 등으로 죽을 때까지 누군가의 입에서 호명당하는 호사를 누리게 되기도 한다. 변주곡은 끊이지 않는다. 친했다거나 친하다거나 잘 알았다고 말할수록 자신의 말에 힘이 실린다고 믿기 때문에 그렇게 표현할 테지만, 실제로 얼마나 가까운 관계였는지는 그다지 중요하지 않다. 2000년대 초반 케이블방송이 등장한 이후 미국 드라마나 텔레비전 프로그램을 통해 이성애자 여성의 멋진 게이 친구들을 본 한국 여성들은 자신도 그러한 '게이 친구'를 찾기 위해 노력하기도 했다. 2005년 《주간경향》의 한 기사에서는 여자친구에게 털어놓지 못하는 이야기도 쉽게 할 수 있는 게이 친구를 가졌다는 한 이성애자 여성의 인터뷰가 등장했다. 당시 SBS 드라마 〈완전한 사랑〉에서도 이성애자 여성이 게이 친구에게 자신의 짝사랑을 털어놓는 장면이 나왔다.

게이는 어쩌다 미디어에서 누군가의 '좋은 친구'로 먼저 등장하게 되었을까. 성소수자를 '좋은 사람', '유쾌한 사회 구성원'으로 그리는 것은 성소수자 존재 자체를 모르는 사회에서는 일단 성소수자를 친숙하게 느끼도록 만드는 효과를 낳을 수 있겠지만, 한편으론 성소수자에 대한 편견을 강화하기도 한다. 게이를 일반화하고 편향된 이미지로 그려내는 것은 대중이 생각하는 그 만들어진 이미지에서 벗어나는 이들을 더더욱 사각지대로 내몬다. 자신과 함께 기꺼이 쇼핑하며 어울리는 옷을 골라주고, 연애 상담을 비롯해 어떤 이야기를 해도 잘 들어주는 게이 친구를 갖고 싶다는 욕망은 어디서부터 시작됐을까. 게이 친구가 나의 옷을 골라줄 만한 센스를 가지고 있지 않다면 친구가 될 수 없는가. 그 누구도 '이성애자 친구'라며 누군가를 호명하지 않는데 왜 게이인 친구는 '게이 친구'로 호명당하는가. 관계성을 고려하지 않은 채 친구라는 명명으로 쉽게 호명할 때, 자신에게 효용성이 있는 존재일 때만 친구라는 자리를 내줄 때, 잘 알지도 못하면서 친하다는 표현을 사용할 때, 난 그 관계에 존재하는 권력 차이를 다시금 떠올린다. 사회적으로 '쓸모'없는 성소수자가 앉을 자리는 어디인가.

2019년에는 트랜스젠더가 주인공으로 등장하는 두 편의 단막극이 방영되었다. 〈웬 아이가 보았네〉와 〈삼촌은 오드리 헵번〉이라는 드라마였다. 이 두 드라마에는 스토리 전개상 여러 공통점이 있다.

첫 번째, 성인 트랜스젠더를 자신의 친구이자 동료이자

보호자로 받아들이는 청소년이 등장한다. 〈웬 아이가 보았네〉의 순희는 직접 수확한 꽃으로 화장품을 만들어 온라인으로 판매하며 성별 재지정 수술을 위한 돈을 모으고 있는 사람이다. 그런 순희에게 동자라는 초등학생이 나타난다. 동자는 할아버지와 함께 살고 있으나 보살핌이 부족한 어린이다. 순희는 동자의 친구이자 보호자가 되어주며 순희에게 엄마 같은 사람이 된다. 〈삼촌은 오드리 헵번〉에서 준호는 빚에 쫓기느라 자신을 생전 처음 보는 삼촌 오드리에게 맡긴 아빠 덕분에 삼촌, 아니 고모 오드리와 함께 살게 된다. 오드리가 마음을 다해 조카 준호의 보호자 역할을 하자 준호는 점점 마음의 문을 연다. 동자와 준호 모두 처음엔 트랜스젠더인 순희와 오드리를 '이상한 사람'으로 보며 "여자야, 남자야?"라고 묻지만 자신에게 진심을 다하는 이들을 보면서 친구이자 인간으로 받아들인다는 서사다.

당연히 그렇다. 성소수자, 비성소수자 할 것 없이 인간이란 원래 자신과 어떤 관계를 맺고 있는가, 나에게 좋은 사람인가를 고려하며 상대방을 판단한다. 그러나 여기서 꼭 짚고 넘어가야 할 부분이 있다. 이성애자는 상대방이 자신에게 가지고 있을지 모르는 '이성애자에 대한' 편견을 뛰어넘기 위해서 상대방과 좋은 관계를 쌓아갈 필요는 없다. 이성애자에 대한 편견이라는 게 사회에 존재하는가? 존재한다고

치자. 그럼 그러한 편견 때문에 이성애자들이 사회적 차별을 받고 있는가? 성소수자도 알고 보면 우리 주변에 사는 사람이고 좋은 사람이야. 생각보다 이상하지 않아. 알고 보면 좋은 사람도 많아. 그런 이야기를 하지 않고는 건널 수 없는 편견의 강. 그 강 앞에 서면 가슴이 먹먹해진다.

두 번째, 진심을 증명하기 위해서 자신을 버린다. 〈웬 아이가 보았네〉에서 동자의 엄마는 경제적인 여건 때문에 동자와 함께 살지 못한다. 동자는 엄마와 함께 살길 원하지만 현실은 냉혹하다. 그런 동자의 엄마를 순희가 찾아간다. 그리고 성별 재지정 수술을 하기 위해서 모아둔 돈을 건넨다. 그 돈을 가지고 동자의 엄마는 동자를 찾아간다. 순희는 떠난다. 〈삼촌은 오드리 헵번〉에서 오드리는 사고를 치고 경찰서에 간 조카를 위해 짧은 머리 가발에 바지 정장을 입고 경찰서에 간다. 혹시라도 경찰이 자신의 신분증을 확인할지도 모르는 상황에 대비하기 위해서였다. 오드리의 목덜미에 흐르는 식은땀을 발견하고 조카는 자신을 향한 오드리의 진심을 알게 된다. 누군가는 오드리의 행동을 보고 원래 자신을 희생하는 게 엄마의 역할이라고 말할지도 모르겠다. 그렇다면 성소수자는 엄마의 부재를 기꺼이 자신의 몫으로 받아들이는 사람일 때 인정받는다는 의미인가. 왜 애당초 부재한 엄마의 역할을 트랜스젠더 여성에게 넘겨주었는가. 엄마의 역할은 '여성'만이 해낼 수 있는 고유한 영역일까. 그 역할을 넘겨받은 트랜스젠더 여성은 자신을 진정한 여성으로 바라봐준 누군가에게 고마워하며 기꺼이 그 역할을 수행해야만 할까. 성소수자가 비성소수자에게 도움이 될 때 비로소 사회 구성원 중 한 명으로 위치시키는 서사 안에서 또다시 사회적인 차별을 느낀다.

2021년에는 트랜스젠더 시민의 죽음이 이어졌다. 이들의 죽음을 애도하는 예배에 초대받아서 간 적이 있다. 누군가는 종교의 힘으로 혐오를 하는데, 누군가는 기도를 하고 있는 현실이 기막혔다. 그 자리에서는 기독교 사회의 사랑을 앞세운 성소수자 혐오가 얼마나 심각한지 말하며 혐오세력과 싸우는 것도 중요하지만 내 안의 차별과 맞서는 것이 더 중요하다는 이야기를 했다. 따뜻하고 아름다운 시간이었다. 그런데 '우리가 성소수자의 친구가 되어주자'는 목사님의 말 한마디가 마음 한구석 어딘가를 건드렸다. 당연히 좋은 의미로 하신 말씀이었다. 친구란 좋은 단어니까. 옆에 아무도 없는 것보다는 나를 이해해주는 친구가 한 명이라도 있는 편이 좋다.

하지만 상대방의 의사를 고려하기 이전에 내가 누군가의 친구가 될 수 있을 거라 장담하는 건 사회적인 편견에서 조금이라도 자유로운 자가 가지는 특권 아닐까. 성소수자들은 왜 성소수자에게서 위로받고 성소수자 사이에서 자유를 느낄까. 이건 이성애자들이 친구가 되어주지 않기 때문이 아니다. 친구가 되어주겠다는 말로 보이지 않는 권력관계를 전제하고, 친구가 되어주겠다는데, 도와주겠다는데 왜 그렇게 예민하게 구냐고 말하면서 도움받을 것을 강요하는 사람들과 제대로 된 관계를 만들기란 어렵다. 성소수자가 알아서 먼저 비성소수자에게 손을 내밀며 친근한 분위기를 풍겨야 편견을 넘어설 수 있는 사회는 차별이 존재하는 사회다.

성소수자뿐만이 아니다. 사회적 소수자라면 누군가 자신을 보고 다정한 미소를 보내기만 해도 고맙다고 말해야 한다. 장애인의 경우도 마찬가지다. "장애인이라고 다 착한 거 아니야. 나쁜 사람이 얼마나 많은데." 장애인 학대하는 비장애인을 뉴스에서 참 많이 봤지만 "비장애인이라고 해서 다 착한 거 아니더라"라는 말은 힘을 갖지 못한다. 불평등한 현실을 제대로 마주하지 않은 채 자신의 세계가 좁은 줄도 모르는 사람들은 그 세계가 전부인 줄 알고 살아간다. 장애인이 사회 속에서 힘없고 비장애인이 기꺼이 '도와줘야' 하는 사람이라는 것을 말하기 위해, 수많은 드라마와 영화 속 여성 장애인은 누군가가 휠체어를 밀어주지 않으면 조금도 움직일 수 없는 존재로 그려지곤 했다. 무해하고 안아주고 싶은 존재로 말이다.

그러나 현실에서 장애인 이동권 문제는 그야말로 생존의 문제다. 누군가의 '도움' 없이도 내가 있는 곳을 벗어날 수 있어야 하는 문제, 이동 수단인 버스를 탈 수 있어야 하는 문제. 장애인들은 생존을 위해서 싸우는데, 누군가는 "장애인이라고 유세 떠냐"고 말한다. 조용히 집에나 있지 밖에는 왜 나오냐는 말과 조금 부드럽게 요구하라는 말도 빠지지 않는다. 죽고 사는 문제 앞에 서 있는 사람에게 부드럽게 말하라고, 인자한 미소를 지으며 손을 내밀라고 요구한다. '장애우'라는 지극히 비장애중심적인 말을 만들어낸다. 사람답게 살고 싶다고 외치는데 친구가 되어주겠다니. 비장애인들이 친구가 되어주지 않으면 장애인들은 사람이 될 수 없다는 의미일까. 우리 사회에 함께 살고 있는 우리의 친구인 장애인. 장애인을 '우리의 친구로 받아들이자'는 뜻에서 만들어진 '장애우'라는 단어는 장애인을 비장애인의 관점에서 바라본 단어다.

친구라는 단어는 여전히 추상적이다. 친하다는 말을 쓰는 경우도 사람마다 다르다. 누군가를 차별하지 않겠다는 말은 왜 종종 누군가의 친구가 되어주겠다는 말로 대체되는가. 사회적 소수자는 누군가 자신의 친구가 되어주기를 기다리며 누군가가 내미는 손을 언제든지 기꺼이 잡는 존재가 아니다. 차별과 혐오에 내몰리는 소수자의 괴로움을 단순히 외로움으로 이해할 때 우리는 현실을 놓쳐버린다. 이야기를 잘 들어주고 쇼핑도 함께해주며 때론 누군가의 엄마가 되기도 하는 성소수자는 드라마 속에 존재한다. 술 마시고 영화를 보며 게임방에 갔다가 밤늦게 돌아오는 장애인을 상상하기 어렵다면 그만큼 이 사회가 비장애중심적이라는 증거다. 성소수자도 장애인도 당신이 내미는 손을 기다리며 언제든 그 손을 부드럽게 잡아주는 수동적이고 무해한 존재가 아니다. 친구가 되어주겠다는 마음을 내려놓아야 현실을 마주할 수 있다. 소수자에게 필요한 건 '좋은 친구'가 아니라 변화한 사회다. 차별과 혐오는 개인의 선의만으로 사라지지 않는다.

페미니스트는 맥락을 읽는다

재주가 너무 많아서 탈인 나는 앨범도 하나 냈다. 물론 잘되지 않았지만 그 덕분에 어디 가서 무명 가수라고 자랑스럽게 소개할 수 있게 되었다. (혹시라도 은하선이 만들고 부른 노래가 조금이라도 궁금하다면 음원사이트에서 은하선을 검색해보면 된다. 바쁘지 않다면 지금 검색해 음악을 들으면서 이 글을 읽어도 좋다. 물론 강요는 아니다.) 앨범 발매 이후 당시 운영하고 있던 가게에서 작은 공연을 했고, 그 공연 영상을 내 유튜브 채널에 올렸다. 올린 지 얼마 되지 않아서 흥미로운 댓글이 하나 달렸다. 내 유튜브 계정은 구독자가 150명도 안 되는 매우 조촐한 곳이다. 이런저런 곳에 퍼져 있는 내가 나온 영상들을 정리해놓는 용도로 사용하고 있다. 그런 곳에까지 굳이 찾아와서 댓글을 다는 사람들을 마주할 때마다 인간은 정말 신기한 동물이라는 사실을 새삼 느낀다. 그래도 그분이 댓글을 달아준 덕분에 이 글을 쓸 수 있게 되었으니 한편으론 참 고맙다. 그 흥미로운 댓글의 내용은 이렇다.

> 은하선 페미니스트라 탈코할 줄 알았는데 이런 옷을 입고 나오네.

그날 내가 입었던 옷은 금색 스팽글이 촘촘하게 달린 무릎까지 오는 긴팔 원피스였다. 탈코르셋의 줄임말인 '탈코'는 여성에게 강요되는 외모, 행동에 관한 억압에서 벗어나자는 페미니즘운동의 한 흐름이다. 어떤 이들은 더 이상 화장을 하지 않겠다며 가지고 있던 화장품을 전부 쓰레기통에 버렸고 또 어떤 이들은 머리를 짧게 잘라 '긴 머리'라는 코르셋에서 벗어났다. 짧은 머리가 이렇게 편한 줄 몰랐다면서. 맞다. 여성들은 아주 오랫동안 특정 형태의 외모를 사회적으로 강요당해왔다. 유명 프랜차이즈 영화관, 베이커리 등에서 여성 아르바이트생의 립스틱 색깔과 화장법까지 세세하게 통제했다는 사실이 드러난 적도 있지 않은가. 비행기에 탑승한 승객의 안전을 책임지는 게 주된 업무인 승무원들도 여성이라는 이유로 몸에 꼭 맞는 스커트를 입고 머리끝에서 발끝까지 외모를 가꿔야 한다. 회사에 요구해 바지 유니폼을 만드는 데 성공해도 눈치가 보여 입기가 어렵다. 업무와 관련이 없음에도 외모와 관련된 무한 '꾸밈노동'을 해야 하는 게 여성들의 현실이다. 그야말로 코르셋이다. 외모와 관련된 이런 꾸밈노동에서 벗어나 좀 편하게 살아보자는 사회적 흐름에 동의하지 않는 사람은 없을 거다. 진짜 나로 살기. 얼마나 좋은가.

나에게도 그런 경험이 있다. 답답한 브래지어도 코르셋이라는 걸 알고는 있었지만 쉽게 노브라로 다닐 수는 없었다. 열 살 무렵 가슴이 커지고 생리를 시작한 나는 우리 반에서 브라를 한 몇 안 되는 학생 중 한 명이었다. 내 가슴을 툭 치고 지나가는 남학생들도 있었다. 봉긋하게 솟은 젖꼭지는 스치기만 해도 아팠고, 브래지어는 일종의 보호대였다. 그 이후로 언제나 하고 있었던 브라를 벗게 된 건 노브라에 대해 다룬 방송 이후였다. 출연진들이 전부 노브라로 방송을 해보면 어떻겠냐는 제안에 선뜻 좋다고 말했고, 가슴이 비치지 않는 약간은 헐렁한 블라우스를 입은 채로 방송을 했다. 그런데 이게 무슨 일인가. 이렇게까지 편하다고는 못 들었던 거 같은데. 자유로웠다. 알면서도 하지 않았던, 아니 하지 못했던 일을 할 수 있게 된 계기였다. 그날 이후 난 더 이상 브라를 하지 않는다. 나에게 찾아왔던 노브라 계기처럼 '좀 꾸미라'는 강요 어린 재촉에 시달리며 살았던 많은 여성들에게 탈코르셋운동도 그랬을 것이다. 화장하지 않고 집을 나서고, 치렁치렁한 긴 머리를 싹둑 잘라버리는 순간은 누군가에게 말로 표현할 수 없는 자유로 다가왔으리라. 자유란 본인이 선택할 수 있을 때 찾아온다. 그렇다면 공연 영상 속 스팽글 원피스를 입은 나는 어땠을까. 얼굴도 모르는 이가 찾아와 '탈코'를 외친다. 수많은 궁금증이 생긴다.

도대체 탈코는 무엇인가. 어떤 순간에도 절대 화장하지 않고 언제나 바지를 입는 것인가. 그 영상 속 나의 모습은 어떤 측면에서 탈코가 아닌가. 나는 분명 그날 내가 입고 싶었던 옷을 입고 내가 원하는 모습으로 나를 꾸몄다. 그날 내가 입었던 옷에 반짝이는 스팽글이 없었다면 어땠을까. 삭발이 아니라 단발머리를 했기 때문에 나는 자유롭지 않았던 것인가. 잠깐. 그러니까 이런 나에게 '탈코'를 하지 않았다면서 비웃듯 댓글을 다는 사람은 누구인가. 은하선은 페미니스트라면서 탈코르셋도 안 하고 이런 영상이나 올린다며 손가락질하고 있는 이들은 여성들이 꾸밈노동에서 벗어나 자유로워지길 바라는 사람인가, 아니면 타인을 비난하면서 재미를 느끼고 '이래서 페미니스트들은 안 돼. 자기들이 좋은 것만 하려고 해. 앞뒤가 안 맞아' 하며 하고 싶은 말을 배설하는 사람인가.

한국형 위키백과라고 불리는 나무위키에는 '은하선'에 관한 문서가 있다. 포털사이트에 은하선을 검색하면 나무위키가 같이 뜬다. 2017년 처음 생긴 이 문서는 약 800번의 편집을 거쳤다. 인터넷상에 떠도는 나에 관한 말들이 전부 마음에 들기를 바라는 건 아니지만, 그 문서에 적혀 있는 나에 대한 설명은 심각했다. 사실이기라도 하면 억울하지나 않지, 하지도 않은 말들과 행동이 악의적으로 적혀 있었다. 삭제를 요청하면 되지 않느냐고? 물론 그 방법도 있긴 하다. 나무위키 본사에 요청하면 임시조치라는 명목으로 한 달 동안 잠시 문서를 내려준다. 그러나 누군가 다시 문서를 되살릴 수도 있다. 그렇게 되면 그 문서를 삭제해달라고 또다시 요청해야 한다. 이 무한 반복의 굴레에서 헤어나지 못하고 나무위키 본사에 영원히 문서를 내려달라고 요청해야 하는 상황을 맞이하는 것이다. 나무위키에 '투명성 보고서'라고 검색하면 그동안 나무위키 본사에 자신에 관한 문서를 내려달라고 요청한 사람들의 목록이 쭉 뜬다. 이름만 대도 알 만한 연예인, 정치인, 기업인들이 다소 공손한 문체로 나무위키 본사에 메일을 보내 문서 삭제를 요청한 내역을 읽고 있으면 도대체 이게 뭔가 싶다.

누구나 편집에 참여할 수 있는 참여형 백과사전이 나무위키라지만, 다수가 악의를 가지고 덤벼드는 그 판에서 잘못된 내용을 정정하기란 쉽지 않다. 누구나 수정할 수 있지만 그렇기 때문에 마음먹고 덤비면 분 단위 아니 초 단위로 내용이 수정되기도 한다. 당연히 쉽게 싸움이 일어난다. 그 과정에서 분쟁이 생길 경우 토론을 통해 문서 내용을 어떻게 바꿀지 결정하는 것이 나무위키의 규정이다. 나무위키 규정은 생각보다 꼼꼼하고 깐깐해서 그 규정을 숙지하지 않은 채 수정에 나섰다가는 규정 위반으로 아이디를 차단당하는 일도 생긴다. 내가 바꾼 내용을 네가 뭔데 바꾸냐, 내가 바꿔놓은 내용이 맞다, 아니다, 틀렸다, 이런 분쟁이 자주 생기다보니 토론은 별것 아닌 일에도 쉽게 시작되고 끝난다. 약 800번의 수정을 거친 은하선 문서도 그 과정이 평탄하지 않았다. 지난 토론 목록을 보면 이게 뭐길래 이렇게까지 열심히 했나 싶어 눈물이 다 난다. 공공연한 비밀이지만 지금의 은하선 문서가 되기까지 나는 어마어마한 수고를 들였다.

나무위키 문서를 편집하기 위해서는 일단 아이디가 필요하다. 은하선 문서는 분쟁이 자주 일어나는 문서라 가입 후 어느 정도 시간이 지나야 편집할 수 있는 권한이 생긴다. 문서의 당사자도 예외는 아니었다. 다행히 나에겐 예전에 만들어놓은 아이디가 있었다. 만들어놓은 지 오래된 아이디였기에 바로 문서를 수정할 수 있었다. 그러나 규정을 모른 채로 뛰어들었던 나는 문서를 방대하게 고치다가 신고를 당하고 한동안 나무위키를 이용할 수 없는 상황에 이르렀다. 이렇게 된 이상 답은 한 가지였다. 차단이 풀릴 때까지 공부를 하자. 일단 나무위키 규정을 최대한 꼼꼼하게, 로스쿨에라도 갈 기세로 숙지했다. 엄마가 봤다면 자랑스러워하셨을 거다. 학창 시절 공부를 그렇게 했다면 얼마나 좋았을까. 자다가도 누가 물어보면 대답할 수 있을 만큼 규정을 익혔다. 이 정도면 충분하다 싶었을 때 드디어 다시 전투에 뛰어들었다. 여자가 칼을 뽑았으면 무라도 잘라서 깍두기라도 담가야지. 그렇게 자랑스러운 나무위키 이용자 중 한 명으로서, 또 나무위키 문서에 이름을 올린 당사자 중 한 명으로서 틀린 내용을 지우고 다듬기를 반복했다. 당연히 다른 이용자들과 분쟁이 있었지만 지혜롭게(?) 헤쳐나갔다.

일단 여기서는 그 흥미로운 토론 중 한 가지에 관해 이야기해보려고 한다. 토론 제목은 이렇다. '은하선 프로필 교체 분쟁'. 그러니까 은하선의 프로필 사진을 무엇으로 할지에 대한 분쟁이 있었다는 뜻이다.

때는 2017년, 토론을 시작한 사람은 초입에 이런 문장을 내던지며 토론을 제안했다.

> 은하선은 대한민국의 페미니스트로 페미계에서 열심히 활동하고 있지만 남성혐오 논란에 자주 휘말리곤 하는

> 인물입니다. 기존 은하선 문서에 실린 사진은 보정이 안 들어가서 시각적 정보를 비교적 본연에 가깝게 전달해주었습니다. 그런데 어떤 분이 뽀샵이 많이 들어간 사진으로 프로필 사진을 교체하셨습니다. 어떤 걸 프로필 사진으로 할까 분쟁이 생겨서 토론 엽니다. 저는 신규 사진은 뽀샵이 많이 들어가 실물과의 괴리가 심해 프로필 사진으로 적합하지 않다 생각합니다. 기존 사진 유지를 원합니다.

그리고 그 뒤에 이 토론을 열게 된 근거가 될 만한 기사를 여러 개 붙여놓았다. 그 근거 자료에는 다음과 같은 내용들이 적혀 있었다. '결혼정보회사의 리서치에 따르면 기대가 큰 만큼 실망도 큰 법이다', '실물과 다른 사진은 타인에게 실망감을 준다', '해외 조사에 따르면 보정 사진을 본 여성들이 불안감을 느낀다'. 그러니까 원래 은하선 문서에 걸려 있던 사진은 실제 얼굴과 비슷한데, 바꾸려고 하는 사진은 보정이 너무 심해서 은하선의 원래 얼굴과 차이가 있고 그런 보정 사진은 타인에게 실망감과 불안감을 줄 수 있으니 신규 사진으로 바꾸지 말자는 것이었다. 토론에 참여한 한 사람은 '은하선을 실제로 본 적이 있다', '사람은 낮과 밤, 어떻게 꾸미는가에 따라서도 다른데 도대체 원래 얼굴이 무엇이냐'고 반문했다. 또 어떤 사람은 모델이나 연예인이라면 모를까 칼럼니스트에게는 원래 사진이 더 어울린다고 말하며 발제자의 편을 들었다. 휴대폰 카메라 앱으로도 보정이 가능한 시대에 원래 얼굴에 가까운 사진이란 게 존재하긴 하나, 보정이란 어디서부터 어디까지를 말하는가, 그런 생각을 하며 토론을 지켜봤고 결국 프로필 사진은 원래 걸려 있던 것을 쓰기로 결정되었다. 그 사진은 어느 강연 중 찍힌 것으로《여성신문》의 한 사진기자가 찍은 것이었다. 굳이 말하자면 인터넷상에 돌아다니는 수많은 사진 중 잘 나왔다고 말하기는 어려운 축에 속하는 사진이었다. 그로부터 3년 후, 나는 나무위키 문서 수정에 직접 뛰어들면서 그 사진은 언론사에 저작권이 있으니 은하선이 개인적으로 가지고 있는 사진 중 하나로 바꾸겠다는 토론을 열어 원하는 사진으로 교체하는 데 성공했다.

나무위키에 '보정되지 않은 은하선의 사진을 올려야 한다'고 주장하는 이와 유튜브 영상에 '은하선 탈코 안 했네'라는 댓글을 다는 이를 난 같은 상자에 분류하고 싶다. 페미니스트라면, 칼럼니스트 그것도 섹스에 관련해서 글을 쓰는 여성이라면 어떠한 외모를 하고 있을 거라는 편견에 사로잡힌 이들. 얼굴을 드러내고 활동한 이후 나의 외모는 쉽게 평가의 대상이 되어왔다. 보정을 했는가, 안 했는가, 뭐가 원래 얼굴에 가까운가, 은하선을 실제로 본 적이 있는가 등은 전혀 중요하지 않다. 여기서 중요한 사실은 누군가 한 사람의 사진을 두고 외모 평가를 하고 있다는 점이다. '페미니스트 은하선이 탈코를 안 했어?'라는 질문에서 중요한 점은 탈코를 했는가 안 했는가가 아니다. 무엇이 탈코인가에 대한 판단을 도대체 누가 하고 있는가다.

누군가에게 화장은 억압이 되지만 누군가에게는 또 다른 자신을 표현하는 도구가 되기도 한다. 누군가에게 몸이 드러나는 옷에 대한 강요는 억압이자 성적 폭력이 되지만, 몸이 드러나지 않는 옷만 입으라는 강요 안에서 살아온 누군가에게는 민소매 셔츠가 해방이자 자유의 상징이 된다. 다시 말해 맥락과 상황에 따라 달라진다. 페미니즘은 어떤 룰을 세워놓고 무조건적으로 따르라고 말하지 않는다. 우리는 맥락을 읽을 줄 아는 유연한 사람들이다.

3부

누구를
배제할 것인가

때로는 무심코 내뱉은 한마디가 한 사람이 살아온 시간 전부를 말해주기도 한다. 그렇게 쉽게 누군가를 평가해서는 안 된다고 말할지도 모르겠지만. 아주 오래전에 친하게 지냈던 친구와 어렵게 연락이 닿아 만난 적이 있다. 식당에서 밥을 먹고 나와 근처 카페 중 적당한 곳을 물색하며 천천히 산책을 하던 중이었다. 외관으로 봤을 때 편안한 느낌의 카페를 하나 발견하고 들어갈까 싶어 가까이 다가갔는데 입구에 적힌 문구가 눈에 들어왔다. 노키즈존. 아, 이 가게는 안 되겠다 싶어서 다른 가게에 가자고 말하려는 순간 친구의 입에서 나온 말.

"어머, 노키즈존이래. 너무 좋다. 난 애들 싫더라."

오랜만에 만난 친구와 논쟁을 벌일 에너지는 없었고, 하는 수 없이 그곳에 들어가 커피를 마셨다. 커피 맛이 참 썼다. 우리가 만나지 못한 긴 시간 동안 그는 아이를 싫어해 노키즈존을 좋아하는 사람이 되어 있었고, 난 노키즈존이라고 당당하게 적어놓은 가게들을 불매하는 사람이 되어 있었다. 그 시간의 간극을 간단한 대화로 풀 수 있을지 알 수 없었다. 애들을 싫어한다는 말이 머릿속을 맴돌았고 그 이후의 대화에 제대로 집중할 수 없었다. 씁쓸하게 친구와 안녕을 하는 순간까지 그가 그 말을 내뱉게 된 경위에 대해 자세히 묻지 못했다. 자칫 더 실망하게 될까봐 두려웠다. 아이를 좋아한다, 싫어한다는 말은 일상에서 쉽게 쓰인다. 마치 취향을 표현하는 것처럼 말이다. 나는 동성애 싫어해, 라는 말을 쉽게 내뱉는 사회 아닌가. 그런 사회에서 아이를 싫어한다는 말이 '난 밥보다 면을 좋아해'라는 말만큼 가볍게 사용되는 것도 어쩌면 당연한 일이다. 그런 당연함 속에서 노키즈존이라는 안내도 아주 뻔뻔하게 쓰이고 있다.

때론 아내라고, 때로는 애인이라고, 때로는 짝꿍이라고 부르는 파트너와 함께 여러 사업도 하고 있는 나는 주변 가게들에도 관심이 많다. 새롭게 문을 여는 가게는 언제나 호기심을 불러일으킨다. 자투리 시간이 날 때면 파트너와 함께 근처 가게를 구경하며 산책한다. 그날도 둘이서 가게들을 구경하며 시간을 보내고 있었다. 1층에 위치한 새로 오픈한 어느 가게가 눈에 띄었다. 독특한 색깔의 외관이 매력적으로 보였다. 어떤 메뉴가 있는지 보려고 가까이 다가갔는데, 익숙하지만 익숙해지고 싶지 않은 바로 그 문구를 보고야 말았다. 노키즈존. 대충 봐도 양육자가 아이와 함께 올 것 같지 않은 술집이었다. 주류와 간단한 안주가 주메뉴인 홍대에 위치한 술집. 노키즈존이라고 굳이 써놓은 그 의도가 빤히 보여서 헛웃음이 나왔다. 아이를 싫어하는 마음을 그렇게까지 표현하고 싶었던 걸까. 아니면 아이를 싫어하는 손님들만 찾아오기를 바라는 마음의 표현이었을까. 자세한 속마음은 알 수 없지만 아이를 배제하는 사람이 운영하는 곳이라는 점만큼은 확실히 알 수 있다.

아이를 싫어하기 때문에 노키즈존을 찬성한다는 주장을 펼치는 사람들은 대체로 이런 생각을 가지고 있다. 아이는 시끄럽다. 아이는 제멋대로 움직인다. 아이는 가게의 기물을 파손할 수 있다. 아이는 가게 분위기를 흐트러트린다. 따라서 가게는 노키즈존을 운영 방침으로 삼을 수 있다. 자영업자인 나는 가게에 오는 손님을 가려 받는다는 것의 의미와 윤리에 대해 생각한다. 홍대 근처에 위치한 드렁큰비건은 10평도 되지 않는 작은 가게다. 테이블 사이의 간격도 좁다. 자연스럽게 옆 테이블의 이야기를 듣게 되는 구조다. 물론 우리도 조금 더 넉넉한 공간을 바라지 않았던 건 아니다. 건물주가 아닌 이상 자영업자는 누구나 월세 걱정을 할 수밖에 없고, 그 걱정을 조금이라도 덜 수 있는 곳을 찾다보니 작은 가게를 운영하게 되었다. 가게를 오픈하면서 나는 이곳이 누구도 차별받지 않는 공간, 자유롭게 자신을 오픈할 수 있는 공간이 되길 바랐다. 내가 노브라로 민소매 셔츠를 입고 서빙을 해도 손님 중 그 누구도 수군대지 않길 원했다. '아가씨'라고 부르는 손님이 없는 가게를 꿈꿨다. 그러나 세상일은 역시 내 뜻대로 될 리가 없다. 가게는 그야말로 모두에게 열려 있고, 내가 원하지 않아도 여성혐오적이거나 소수자 차별적인 대화를 하는 손님들도 왔다. 그런 대화들의 예시 몇 가지를 보자.

1.
"n번방? 너 이미 들어가 있는 거 아냐?"
"아냐. 난 돈 없어서 못 들어가."
"그런데 거기 이런 것도 있었다며?" (주먹으로 다른 쪽 손바닥을 툭툭 치면서 성행위를 묘사함)

2.
"나는 페미니스트 이런 건 너무 싫더라."

“페미니스트 이런 애들은……”

3.
“요즘 엄마들은 카페에 앉아서 한가하게 커피나 마시고 말야. 애들까지 데리고 와서 진상 부리잖아. 노키즈존 필요하다니까.”

4.
“난 연예인 ○○가 좋더라고. 가슴이 아휴, 가슴이 크잖아~”

5.
“넌 남자친구가 트랜스젠더 여자랑 바람나는 게 더 충격적이야, 아니면 게이랑 바람나는 게 더 충격적이야?”

위 사례는 전부 우리 가게에 방문하셨던 손님들의 대화를 아주 약간 (정말로 아주 약간만) 각색한 것이다. 난 최대한 손님들의 대화를 안 들으려고 노력하고, 듣더라도 빠르게 잊기 위해서 노력한다. 나를 호명해서 말하지 않는 이상 들려도 안 들리는 척한다. 가끔 손님들끼리 “서빙하시는 분 은하선 닮지 않았어?”라며 대화를 나눠도 직접 묻기 전까진 “맞아요. 제가 은하선인데요”라고 절대 말하지 않는다. 서빙을 하는 내가 은하선인 건 중요한 게 아니니까. 그들은 내가 은하선을 닮았다는 사실을 두고 대화를 나누고 싶은 것뿐인데 거기에 대고 빈 컵에 물을 따르던 내가 "맞습니다. 제가 은하선입니다"라고 말할 이유는 전혀 없다. 두 명의 손님이 "너 은하선이라고 알아? 그 방송에서 양성애니 뭐니 하다가 잘린 여자 있잖아"라고 했을 때도 못 들은 척하고 "음식 어떠세요?"라고 물으며 빈 컵에 물을 따랐다.

식사하고 술을 마시는 가게에서 편하게 대화를 나눌 수 없다면 누가 찾아오겠나 싶어서 나름대로 깊은 고민 끝에 내린 결정이었다. 그래도 위 사례와 같은 대화가 들릴 때면 이 방침을 그대로 유지해야 하나 조금 오지랖을 부려야 하나 매우 고민스러웠다. 한낱 가게 사장인 내가 공간을 오가는 손님들의 대화 내용까지 감 놔라 배 놔라 하는 것처럼 보이면 어쩌나. 그 손님들은 당연히 다시 오지 않을 것이며 어딘가에 가서 욕을 하거나, 온라인에 좋지 않은 평을 남길 수도 있다.

하지만 어느 날 '그 일'이 일어났고 운영 방침을 변경하기로 결심했다. 유난히 목소리가 큰 남자 손님 한 분이 온 날이었다. 그분은 남자는 되지만 여자는 안 된다는 클래식한 성차별 발언으로 시작해 동성애 혐오 발언까지 누가 누가 차별 잘하나 릴레이 웅변대회를 멈추지 않으셨다. 분명 그가 오기 전까지 모든 테이블의 분위기가 화기애애했는데, 그가 나타난 이후 모두가 말없이 식사를 하고 빠르게 나갔다. 어느새 가게에는 목소리 큰 그 손님 테이블만 남았다. 한 손님은 저쪽 손님 가시면 연락 달라며 번호까지 남기고 가셨다. 내가 미리 개입했다면 상황이 달라졌을지도 모른다는 생각에 조금 후회스러웠다. 그 사건 이후로 어떻게 차별주의자를 손님으로 받지 않을 수 있을까 여러모로 고민했다. 가게 바깥에 더 커다란 무지개 깃발을 걸어야 할까. '페미니스트 환영'이라고 써 붙일까. '안희정 유죄' 플래카드를 걸어볼까. 메뉴판에 공지를 적어둘까. 뭐가 좋을지 알 수 없었다. 또다시 그런 일이 생기면 가만히 있지는 말아야겠다는 다소 소심한 결론으로 생각을 정리했다. 나의 직감을 믿고 행동하는 수밖에.

날씨 탓인지 손님이 한 명도 없는 한가한 날이었다. 손님 한 명이 가게 안으로 들어오면서 반말을 했다. 잠깐 사이에 머릿속이 혼란스러웠다. 받아야 하나. 이 손님을 받았다가 지난번 같은 상황이 또 벌어지면 어떡하지. 생각을 빠르게 정리한 후 가게에 자리가 없어서 어렵겠다는 말을 했다. 손님은 테이블이 이렇게 많이 비어 있는데 무슨 소리냐고 물었지만 나는 결정을 번복하지 않았다. 또 한번은 가게 안에서 차별 발언을 했던 손님이 다시 방문한 일이 있었다. 나는 죄송하지만 우리 가게에 오지 말아달라고 말하고는 정중히 안녕히 가세요, 라고 인사하며 손님을 문밖으로 배웅했다. 성소수자 차별 발언을 하는 손님에게 '이 가게를 운영하고 있는 저희는 성소수자다. 또 이곳은 성소수자와 앨라이ally(성소수자 인권을 지지하는 사람) 손님들이 찾는 공간이다. 차별 발언은 하지 말아달라'고 말씀드린 일도 있다. 성질 더러운 페미니스트가 사장이라고 소문이 났는지 차별적인 발언을 하는 손님이 확연히 줄었다. 우리 가게에는 강아지 손님도 키즈 손님도 오지만 그들을 보고 눈살을 찌푸리며 나간 손님은 아무도 없었다. 그렇다면 누구를 가려 받을 것인가. 소수자 차별적인 발언을 하는 손님을 내보내는 일은 키즈 손님을 받지 않는 것과 같은 무게를 가질까. 차별적인 손님을 배제하는 것과 키즈를 배제하는 것은 같은 의미일까.

사실 드렁큰비건은 우리의 첫 가게가 아니었다. 이 가게를 오픈하기 전에 '걸스타운'이라는 이름의 퀴어 여성들을 위한 가게를 운영했었다. 걸스타운이라는 이름은 베를린의 한 퀴어파티에서 착안한 이름이다. 수많은 퀴어 여성들이 그곳에서 뜨거운 우정과 사랑을 나눴다. 걸스타운은 상수동의 후미진 골목 끝에 위치했다. 일부러 찾아오지 않는다면 지나가다가 우연히 발견해 문을 열기는 어려운 위치였다. 처음 오는 손님들은 찾기 어렵다며 여러 번 전화해 위치를 묻기도 할 정도였으니. 그런데 가끔씩 술에 취한 양복 입은 남성들이 계단을 시끄럽게 올라와 걸스타운의 문을 여는 일이 있었다. 한두 번이 아니었다. "어, 아니네"라는 말을 하며 다시 문을 닫고 내려가는 경우도 있었지만, '걸스타운'인데 왜 여자가 없냐고 묻는 경우도 있었다. 심지어 어떤 손님은 그럼 여자가 있는 술집은 어디에 있냐고 묻기도 했다. 알려줄 거라고 생각했던 걸까. 여성들을 위한 공간이라는 내 말에 그렇다면 자신이 여성들을 위해서 양보하겠다고 말하는 사람도 있었다. 놀라웠다. 우리는 여성들의 공간이라는 의미로 '걸스타운'이라는 간판을 달았는데, 누군가는 그것을 '나를 즐겁게 해줄 여성들이 있는 곳'이라는 의미로 읽고 망설임 없이 계단을 올라온다는 사실이. 언제 어디서든 환영받으리라 생각하고 한 치의 고민도 없이 문을 열 수 있는 그 용기가. 넓은 마음을 가진 자신이 여성들을 '위해서' 젠틀하게 양보하겠다고 말하는 그 태도가. 쫓겨나본 적 없는 사람은 불안을 모르고, 차별받아본 적 없는 사람은 두려움을 모른다.

노키즈존의 뜻을 알게 된 아이는 자신의 존재를 내쫓는 공간이 있다는 현실과 불안을 배운다. 한번 배운 불안을 떨쳐내기란 쉽지 않다. '노키즈'를 원하는 '어른'들에게 묻고 싶다. 정말로 그 수많은 어른들은 자신을 잘 통제하며 예의 있게 타인을 대할 줄 아는지. 당신이 생각하는 '어른'은 무엇인지. 차별하는 사람들을 배제하면 세상에서 차별이 사라진다. 차별이 사라지는 세상이 모두를 위한 세상이다. 노키즈존은 누구를 사라지게 만들고 있을까. 아이를 환대하지 않는 사람들이 도대체 왜 저출생을 고민할까.

이름 짓기

나에겐 다양한 이름이 있다. 물론 이 책을 읽는 분들은 내 이름을 은하선이라고 알고 계실 테고, 나를 아는 많은 사람이 은하선이라는 이름으로 나를 부른다. 누군가는 당연히 은씨라고 생각하고는 하선씨 혹은 하선이라고 부르기도 한다. 하지만 나에게는 이 이름 외에도 다른 이름들이 있다. 파트너가 부르는 이름, 친구가 부르는 이름, 관공서에서 부르는 이름이 전부 다르다. 인터뷰를 위해 만난 한 기자는 나에게 은하선이란 이름이 본명인지 묻기도 했다. 언제나 궁금했다고. 여기서 본명은 호적상 이름일까, 주민등록증에 적혀 있는 이름일까. 은하선이라는 이름은 아무래도 본명이라고 보기엔 너무 예뻤을까. 복잡한 머릿속이 들키기 전에 웃으면서 말했다.

"필명입니다."

《이기적 섹스》라는 다소 파격적인(?) 책으로 데뷔한 은하선이 본명을 드러내고 '당당하게' 책을 썼는지 아니면 필명 뒤에 '숨어서' 책을 썼는지 궁금해하는 사람들도 있었다. 그런 이들은 은하선이 필명이라는 사실을 알고 '역시'라고 생각하는 듯 속이 훤히 보이는 웃음을 지었다. 아마 '어떤 여자가 자기 이름 석 자를 떡하니 드러내고 그런 책을 쓰겠어' 하고 생각했을 것이다. 이미 얼굴을 드러내고 활동하고 있는데도 누군가에겐 얼굴보다 이름이 중요한 모양이다. 그럴 때마다 난 이렇게 말했다. 아이유도 성이 아씨는 아니잖아요. 소설가들도 필명 많이 쓰는데요. 그럼 또 이런 말이 돌아온다. 은하선씨는 연예인도 유명한 소설가도 아니잖아요. 맞다. 나는 연예인도 유명한 소설가도 아니다. 그렇지만 불리고 싶은 이름으로 불리고 싶을 수는 있지 않은가.

어떤 이름으로 불리는지에 따라 인생이 달라진다고 믿는 사람들도 있다. 이름을 짓기 위해 작명소에 가 비싼 값을 지불하기도 한다. 굳이 인생까지 들먹이지 않더라도 이름이 첫인상이 될 수도 있다는 점에는 대부분의 사람들이 동의할 거라 생각한다. 겨우 이름 가지고 유난 떤다고 생각할 수 있겠지만 이름은 권리다. 나를 누군가에게 소개할 때 가장 먼저 보여줄 수 있는 카드이자 내가 나로 존재할 수 있도록 만들어주는 것이 바로 이름이다. 하지만 그 누구도 태어나자마자 자신의 이름을 직접 지어 출생신고를 하지 않는다. 이마에 이름을 써 붙이고 태어나는 사람은 없다. '남아 선호'라는 이름으로 포장되었던 여성혐오 문화 안에서 여성들의 이름은 때로 끝년, 말년, 후남이 되었다. 다음에는 집안에 아들이 태어나길 바라는 염원이 담긴 이름이었다. 이름 하나에서도 여성혐오를 읽어낼 수 있는 사회에서 더 이상 누군가 지어준 이름이 아닌 내가 선택한 이름으로 불리겠다는 결심은 운동이 되고 정체성 찾기로 연결된다.

독일에서 유학할 때 만났던 독일인 친구 한 명이 이런 페이스북 메시지를 보내왔다. 논바이너리로 정체화했으니 이제부터는 새로운 이름으로 불러달라는 내용이었다. 그 전의 이름은 독일에서 주로 여성으로 연상되는 이름이었다. 예를 들어 한국의 ○희, ○순과 같은 이름이 여성으로 인식되는 것처럼 말이다. 성별 이분법적 사고는 우리의 일상에 단단히 얽혀 있고 이름도 예외가 아니다. 남자의 이름이라면 이렇게 지어야 한다거나 여자의 이름은 이렇게 지어야 한다는 생각 안에서 누군가는 타인이 지은 이름 때문에 성정체성을 '미스 젠더링'당하기도 한다.

물론 이름 하나 가지고 다른 사람의 성별을 멋대로 판단

해버리는 인식의 변화가 필요하겠지만 그 변화를 무작정 기다리기에 인간의 생애는 너무 짧다. 한국에 사는 수많은 트랜스젠더들이 개명을 신청하는 건 이러한 현실과 매우 밀접하게 연관되어 있다. 관공서나 병원에서 이름을 불리는 경우에 겪게 되는 차별적 시선에서 조금이라도 벗어날 수 있는 방법이 개명이기도 하다. 이름을 바꾼다고 차별에서 완전히 자유로워지는 건 아니지만 말이다.

2005년 민법이 개정되면서, 출생신고를 하면서 받았던 성을 변경할 수 있는 성본변경도 생겼고, 혼인신고 때 미리 결정하면 어머니의 성을 따를 수도 있게 되었다. 그렇지만 여전히 사회적 관습상 아버지의 성을 따르는 경우가 더 많다. 아버지의 성을 따르는 게 '일반적'인 한국사회에서는 부모 성 같이 쓰기 운동이 흥하던 때도 있었다. 예를 들어 어머니의 성이 '백'이고 아버지의 성이 '서'일 경우 '백서○○'이 되는 식이다. 페미니스트들의 이러한 부모 성 같이 쓰기 운동은 어딘가에서 자기소개를 할 때 더욱 빛을 발했다. 이름만 소개했을 뿐인데 페미니스트 정체성까지 드러낼 수 있는 놀라운 방식이었기 때문이다. 물론 비웃는 사람도 많았다. 그럼 페미니스트들끼리 아이라도 낳았다간 성이 8개가 되겠다며, 그다음엔 16개, 그러다 김수한무 거북이와 두루미 어쩌고저쩌고 무한대로 이름이 길어지면 어쩌냐고 물었다. 어떤 이들은 뒷걸음질하다가 답을 맞춘다. 바로 페미니스트들이 부모 성 같이 쓰기 운동을 통해 부계 중심적 계보 쓰기의 해체를 말하고 있다는 걸 그들은 이미 자문자답이라는 멋진 방법으로 맞추고 말았다. 이쯤 되면 그들이야말로 페미니스트가 아닌가 싶어진다.

부모 성 같이 쓰기 운동은 살짝 유행이 지나버렸지만 여전히 유효한 점도 있다. 여기서 유효하다는 뜻은 페미니스트들이 했던 운동이라는 사실을 기억하는 의미인 동시에 페미니스트를 싫어하는 사람들이 현존한다는 의미다. 누군가 인터넷상에서 은하선은 왜 페미니스트이면서 성이 하나인지 궁금해하는 모습을 목격한 적이 있다. 웃어야 할까. 은하선이 필명일 수도 있다는 생각까지 가지 않더라도, 은하가 성이고 선이 이름일 수도 있다는 인식의 확장에는 성공하지 못한 모양이다. 이름은 역시 운동이 된다. 타인에게 생각의 물꼬를 열어주는데 어떻게 운동이 아니겠나.

성소수자들끼리 하는 농담이 있다. 장례식장에 갔는데 본명을 모르고 닉네임만 알아서 어디로 가야 하나 한참 찾았다는 슬픈 농담. 몇십 년을 알고 지낸 친구의 이름을 모른다는 이 현실은 웃기면서도 슬픈, 그러나 성소수자 커뮤니티에서 생각보다 자주 일어나는 일이다. 누군가 자신이 알던 이름이 아닌 다른 이름으로 성소수자 커뮤니티에서 불리는 지인을 봤다며 이런 말을 한 적이 있다. 얼마나 아웃팅이 무서웠으면 다른 이름을 썼을까 싶었다고. 원하지 않는 상황에서 본인이 성소수자인 게 알려질까봐 다른 이름을 사용하기도 하지만, 어떤 공간에서 또 다른 이름으로 불리기를 원해서 그랬을 수도 있다. 본명이 아닌 이름 사용하기는 단순히 자신을 숨기기 위한 방법만은 아니다. 자신을 새롭게 드러내기 위한 방법이기도 하다.

불리고 싶은 이름으로 불리는 건 인권이다. 누구와 섹스할 것인지 스스로 결정할 권리가 인권인 것처럼. 섹스가 인권이냐고 외치는 분들은 이 말을 이해하지 못할지도 모르겠지만 말이다. 만약 당신이 평생을 타인에게 주민등록상 이름으로만 불려왔다면 새로운 이름을 만들어보자. 언젠가 우리가 만나면 내게 그 멋진 이름을 들려주길.

싸움은 가까이에서 시작된다

페미니스트는 섹스를 싫어할까, 좋아할까. 페미니스트라면 섹스를 좋아해야 할까, 싫어해야 할까. 전부 무의미한 질문이다. 섹스라는 우주처럼 넓은 단어를 온전히 좋아하는 사람이 있을까. 섹스를 좋아해야 섹스를 말할 수 있을까. 너무 어려운 질문인가. 그렇다면 이건 어떤가. 은하선은 섹스를 싫어할까, 좋아할까. 1초의 망설임도 없이 당신은 대답할지 모르겠다. 당연히 좋아하겠지. 섹스를 싫어하는 사람이 어떻게 섹스 칼럼니스트를 해. 섹스 칼럼니스트인 내가 섹스를 싫어한다는 말을 하면 어떻게 될까. 섹스가 너무 싫어서 섹스를 조금 좋아해보려고 글을 쓰기 시작했다고 말한다면?

난 섹스를 싫어한다. 여기서 말하는 섹스 앞에는 수식어가 붙는다. 나는 '잘못된 고정관념을 강화하는' 섹스를 싫어한다. '그 섹스'를 얼마나 싫어하는지 말하기 위해서 글을 쓰기 시작했다. 아직도 많은 사람이 섹스를 얼마나 많이 해봤기에, 얼마나 섹스가 좋기에 섹스 칼럼까지 쓰냐고 물을 때마다 이럴 줄 알았으면 이름을 다르게 붙일 걸 그랬나 싶기도 하다. 예를 들어 섹스 참견가는 어땠을까. 남의 섹스에 감놔라 배 놔라, 그 섹스는 틀렸다, 이렇게 해봐라, 참견을 하는 사람이었다면 조금 더 나았을까. 내가 섹스 칼럼니스트 은하선이라는 사실을 알게 된 후 엄마가 했던 말이 떠오른다. "그게 그렇게 좋니?" 그토록 좋기만 했다면 섹스하느라 바빠서 글을 쓰지 못했을 텐데 답답한 일이다. 어쩌다가 섹스 칼럼을 쓰게 됐냐는 질문을 받는 일은 진부하지만 잊고 있었던 과거를 되새김질할 수 있도록 만들어준다는 장점도 있다. 생각해보면 '성의 이해'라는 수업의 존재를 알게 된 일은 지금의 삶으로 나를 이끌어준 열쇠와도 같았다. 그 수업은 마치 운명 같았다.

지금 생각하면 정말 웃기지만, 한때 난 로망을 가지고 있었다. 대학에 가면 페미니스트들이 모여 우아하게 욕을 하면서 여성인권을 토론하는 아름다운 광경이 펼쳐질 거라고. 그 상상의 배경에는 푸른 잔디밭도 빠지지 않았다. 입학한 지 한 달 만에 착각이었음을 깨달았지만 말이다. 학교에는 그 흔한 페미니즘 모임 하나 없었다. 아니, 하나가 있긴 했는데 입학과 동시에 해체됐다는 슬픈 소식을 뒤늦게 전해 들을 수 있었다. 당시 내 가슴속에는 페미니즘과 관련된 질문과 고민들이 가득했고, 그것들을 함께 풀어나갈 사람이 절실했다. 절실했던 만큼 실망감도 컸지만 직접 모임을 만들 정도로 적극적이지는 않아서 시간을 두고 스스로 엉킨 실을 풀어나가고 있었다. 함께할 사람은 없었으나 버리는 시간은 아니었다. 오히려 희망적인 시간이었을지도 모르겠다. 페미니즘 책을 읽고 기사를 스크랩하면서 차근차근 나의 언어를 만들어가는 시간이었다. 절망감의 정점을 찍은 건 '성의 이해'라는 인기 강의의 실체를 알게 되었을 때였다. 그야말로 광적인 클릭의 '넘사벽'을 넘어야만 수강신청에 성공할 수 있었던 '전설의' 강의. 무려 16년 동안이나 학생들의 사랑을 받았다는 강의. '성의 이해'는 말 그대로 '성'을 가르치는 수업이었다. 학교 앞에 있던 어느 바에서는 그 강의 이름을 딴 칵테일을 팔 정도였다.

어느 날 듣고 있던 강의 하나가 갑작스레 휴강되는 바람에 시간이 생긴 나는 동아리 선배를 따라 그 강의를 우연히 청강하게 되었다. 넓은 강의실이 학생들로 빼곡하게 차 있었다. 이렇게 많은 학생이 좋아하는 강의라니 기대가 됐다. 그런데 이게 무슨 일일까. 어째서 이렇게 많은 이가 시간을 할

애해가며 들어야 하는지 알 수 없을 정도로 문제적인 발언이 끝없이 이어졌다. "에이즈는 (섹스를) 많이 해서 걸리는 병이에요." 강사의 말에 학생들은 깔깔거렸고 난 소름이 끼쳤다. 이 강의실에 있는 사람들 중에 에이즈 환자는 단 한 명도 없을 거라는 확신에서 나온 말, 편견을 거르지 않고 그대로 드러내는 말, 고민을 거치지 않은 말. 그보다 더 화가 났던 건 사람들이 배를 잡고 박장대소한다는 사실이었다. 넓은 캠퍼스에 걸어 다니는 많은 사람이 이미 이 수업을 들었거나 듣고 있거나 앞으로 들으려고 한다고 생각하니 나의 미래가 걱정됐다. 그곳에서 나는 '예민한' 사람이었고 '재미를 모르는' 사람이었다. 싸우고 싶지 않았다. 싸울 수 없다고 생각했다. 집에 돌아가 짧은 일기로 그날의 분노를 남겨놓았을 뿐이다.

싸움을 시작한 건 그로부터 몇 년 후였다. 난 글을 쓰고 싶다는 가난한 욕망을 놓지 못해 학교 신문사에서 기자로 2년 정도 활동했다. 대학신문사에는 언제나 먼지와 함께 읽을거리가 쌓여 있었다. 시간을 때우기에 더할 나위 없었고, 기자 일을 그만둔 이후에도 가끔씩 그곳에 들렀다. 그곳에서 '성의 이해' 교재의 개정판을 만났고 그게 시작이었다. 책 중간쯤에 숨어 있던 "성폭력은 남성의 고유한 본능"이라는 문장이 내 마음에 불을 지피고 만 것이다. 정신을 차려보니 수업 교재와 PPT를 수십 번 보면서 문제가 되는 부분들을 발

줘하고, 수업에 들어가 녹음을 하고, 여러 단체에 연대를 요청하고 있었다. 성에 대한 편견과 잘못된 정보를 동시에 주입하고 있는 수업을 그냥 두고 볼 수만은 없었다.

어린 시절 엄마는 학교에 가는 나에게 말했다. 친구들과 사이좋게 지내라고. 그러나 난 사이좋게 지낼 '친구'가 없었다. 정확하게 말하면 사이좋게까지 지내거나 친구로까지 만들고 싶을 정도의 사람을 찾기 어려웠다. 그만큼 매력적이지 않은 사람에게 왜 나의 마음과 시간을 투자해야 하는지 이해할 수 없었다. 내가 원하는 건 단지 싸우지 않고 평온한 하루를 보내는 것뿐이었다. 대학 입학을 앞둔 내 마음도 마찬가지였다. 진심으로 누구와도 싸우고 싶지 않았다. 그래서 더 궁금했다. 이런 나에게 세상은 왜 싸움을 걸어오는 걸까. 그 싸움은 왜 혼자 하기 어려울까. 싸울 수밖에 없는 상황이라 하더라도 싸움을 걸면 친하게 지내던 사람마저 다 떨어져나가는데, 싸움을 지속하기 위해서는 또 함께할 사람이 필요했다. 아이러니도 그런 아이러니가 없었다.

혼자서 운동을 해나가는 일은 평탄하지 않았다. 무엇보다 외로웠다. 누구와도 싸우고 싶지 않은 내가 혼자서 외로운 싸움을 하고 있다니 아이러니했다. 영양가 없는 수업을 집에 와서까지 몇 차례 돌려 듣는 일은 소모적이었다. 강의실에서 갑자기 집단 공격을 받을지도 모른다는 실체 없는 두려움도 들었다. 혹시라도 학내에 도움받을 수 있는 곳이 있을까 싶어 희망을 걸고 여기저기 찾아가보았지만 희망이 절망이 되는 데는 그다지 긴 시간이 걸리지 않았다. 교내 양성평등센터에서는 "명백한 성희롱이라 볼 수 없어 도와줄 수 없다"는 답변을 내놓았다. '명백한 성희롱'은 무엇일까. 설마 법적인 의미의 성희롱을 말하는 것인가. 그렇다면 '명백한 성희롱'이 일어나지 않은 수업에 문제 제기 따위는 할 수 없다는 것인가. 어처구니가 없었지만 거기서 힘을 고갈시켜서는 안 됐다. 다시 한번 희망을 가지고 이번에는 총여학생회로 갔다. 총여학생회에서는 "나도 그 수업을 들었는데 유익했다. 야해서 문제냐?"라는 말을 들었다. 남학생들의 '반발'이 걱정된다는 말도 함께.

이제 어디로 가야 할까. 당시 나는 언니네트워크라는 단체에서 활동하고 있었고, 이미 이런 운동을 여러 번 해봤던 활동가들의 도움을 받아 기자들에게 성명서를 보내는 일, 학교 밖에 있는 여러 단체에 연대서명을 요청하는 일을 진행할 수 있었다. 사람들은 흔쾌히 요청에 응해주었고, 한겨레신문을 시작으로 거의 대부분의 매체에서 이 수업의 문제점에 관한 기사를 내보냈다. 학교 밖 연대단체들에서도 의견서를 작성해주었다. 그러나 정작 학교 안에서는 외로운 싸움이었다. 여러 매체와 단체들에서 관심을 갖는 것에 비해 학교는 조용했다. 그래서였을까. 재학생이 아닌 타 학교 학생이 주도한 일이라는 소문까지 돌았다. 학교 안에서 함께할 수 있는 사람이 필요했다. 아무런 대처도 하지 않는 학교를 상대로 싸우기 위한 동료들이 필요했다. 멈추기엔 분노가 컸다. 물론 분노만으로 운동을 지속해나가기는 어렵지만 그때의 난 불덩이와 같았고 그건 분명한 동력이었다.

멈추지 않기 위해서 찾은 방법은 SNS였다. 마침 SNS에서 '성의 이해' 수업 반대운동에 관심을 갖는 이들이 생겨났을 때였다. SNS에 함께 운동을 할 사람이 필요하다는 공지를 올렸고, 생각보다 많은 이들이 연락해왔다. 우리는 함께 모여 총장에게 보낼 성명서를 작성하고, 학교에 붙일 대자보를 만들었다. 수업 강의실 앞에 대자보를 붙이고, 항의하는 학생들이 학교 안에 있음을 강사에게 직접 보여줬다. 학장에게 보내는 편지도 썼다. 이 수업이 학생들에게 얼마나 부정적인 영향을 미치고 있는지, 왜 이렇게까지 반대운동을 지속하고 있는지 자세히 적었다. 때마침 언론에서는 더 많은 기사를 내주었고, 기사는 포털사이트 메인에도 여러 번 올랐다. 얼마 후 수업은 결국 폐강됐다. 외부의 시선을 의식한 학교 측에서 갑작스럽게 폐강시켜버렸다는 의심을 떨쳐버릴 수 없었지만 그래도 폐강이라는 성과는 그다음을 생각할 수 있게 하는 자산이 되었다. 사람들과 함께하는 법, 연결된 끈의 힘을 나는 싸우면서 배웠다. 시작은 혼자서 했지만 끝은 많은 사람과 함께했기 때문에 그토록 염원하던 작은 페미니즘 모임도 학내에 꾸릴 수 있었다.

가끔 노력하지 않고도 남자라는 이유로 쉽게 무언가를 거머쥐는 사람들에 대해서 생각한다. 쉬운 예로 텔레비전을 켜면 온통 남자들만 나온다. 예능부터 시사·교양프로그램까지 전부 남자들뿐이다. 남자들이 나와서 요리를 하고 남자들이 나와서 병원에 가고 남자들이 나와서 클럽에 가고 남자들이 나와서 밥을 먹고 남자들이 나와서 정치를 한다. 여자들은 어쩌다 한 명씩 끼워준다. 여자는 몇십 년 동안 주방에서 일한 경력이 있어도 '요리 연구가'이고 집밥을 차리는 '엄마'지만, 남자는 칼만 잡아도, 아니 짜파게티만 잘 끓여도 '셰프' 소리를 듣는다.

한 텔레비전 프로그램에서 16년 동안 볼펜심 조립을 해온 여성이 소개된 적 있다. 밤낮을 가리지 않을 정도로 손에서 볼펜을 놓지 않고 일해왔고 그 결과 복잡한 볼펜 조립을 누구보다 정확하고 빠르게 할 수 있는 사람이었다. 그야말로 달인인 것이다. 그런데도 그 일은 직업이 아닌 '부업'으로 불렸다. 여성들이 주로 하는 자택근무 업무는 대부분 부업이라고 불린다. 인형 눈 붙이기, 액세서리에 큐빅 붙이기 등은 그 어떤 일보다도 높은 끈기와 집중력을 요구하지만 본업이 아닌 부업이 된다. 그럼 그들의 본업은 뭘까. 아마도 가정주부일 것이다. 가정주부로서 가족을 보살피기를 요구당하는 여성은 살림살이에 조금이라도 보탬이 되기 위해 기꺼이 저임금 노동까지 해낸다. 엄마가 집에서 밥을 하는 것은 가족을 향한 따뜻한 어머니의 사랑이자 당연한 일이 된다. 엄마라면 누구나 하는 일, 해야만 하는 일, 그래서 특별하지 않은 일은 본업이 되지 못한다. 칼만 잡아도, 아니 장만 봐도 셰프 소리를 듣고 라면 봉지만 뜯어도 요리사가 되는 특정 성별과는 분명 다르다.

섹스도 마찬가지다. 16년 동안이나 강의해온 '성의 이해' 강사는 왜 기본적인 피임법조차 제대로 가르치지 못했을까. 왜 태아의 성별을 알려주지 않으면 성별에 맞는 태교를 하지 못해 동성애자를 만든다는 말도 안 되는 말을 했을까. 강사는 학생들에게 양질의 수업을 제공할 의무가 있다. 돈을 받고 강단에 서면서도 학생들에게 잘못된 정보를 전달했고, 심지어 그 잘못된 정보로 혐오를 조장했음에도 부끄러워하는 게 아니라 억울하단다. 자신의 의무를 이행하지 못했음에도 부끄러움보다 억울한 마음을 느끼고 심지어 그걸 내보이기까지 할 수 있는 것, 그게 바로 권력이다. 싸워야만 하는 순간을 마주할 때 싸우기 싫다는 마음은 무의미해진다. 한편으로는 무엇이 싸움인지 모르겠다는 생각도 든다. 내가 한 것이 싸움인가. 이 싸움에는 승자와 패자가 있는가. 패자는 무엇을 잃고 승자는 무엇을 얻는가.

수업이 사라진 후 학생들은 그 강의가 자신에게 얼마나 유익했는지, 이 수업이 왜 없어져서는 안 되는 중요한 강의인지 주장하는 글을 인터넷에 게시했다. 총학생회에서는 학생들이 많이 다니는 길목에 '성의 이해'를 반대하는지, 찬성하는지 스티커를 붙여 투표할 수 있는 입간판을 설치했다. 대부분의 학생이 '성의 이해'의 귀환을 바랐다. 강사는 억울하게 수업이 사라져 일자리를 빼앗겼다며 자신의 생존권을 외쳤다. 어느새 강사는 '일하는 아버지'이자 페미니스트들에게 '공격당한' 불쌍한 실직자 시민이 되었다. 나는 평화로운 학교를 쑥대밭으로 만들어놓은 망할 놈의 (혹은 망할 년의) 페미니스트였다. 싸움은 끝났지만 사실 아무것도 끝나지 않았다는 걸 그때 알았다. 왜 그 수업에 문제가 있다고 외칠 수밖에 없었는지 이해하지 못하는 사람들이 여전히 존재했다. 지금도 포털사이트에 수업명을 검색하면 그 수업이 '선정적'이어서 혹은 '야해서' 폐강되었다고 오해하는 글을 쉽게 찾아볼 수 있다. 섹스를 다뤄서 문제가 아니라 섹스를 '잘못' 다뤄서 문제라는 이야기를 아무리 해도, "야해서 문제라는 거야? 페미니스트들 너무 보수적이네"라는 말이 돌아왔다.

다른 말은 다 참아도 '보수적'이라는 평가는 참을 수 없었던 난 페미니스트가 쓴 '야한' 섹스 칼럼을 들고 왔다. 야한 것이 문제가 아니라는 말을 야하게 하고 싶어서 묘사를 진하게 한 섹스 칼럼 사이에 문제의식을 쌓았다. 결과는? 알면서 뭘 묻나. 섹스를 말하는 여성은 문제적이다. 같은 섹스를 말해도 한쪽은 걸레가 되고 한쪽은 전문가가 된다. 이게 어떻게 사적인 문제란 말인가. 사람들은 결국 자신이 보고 싶은 것만 본다. 잔인하지만 사실에 가장 가까운 말이다. 이 사실이 나를 분노하고 싸우게 만든다. 누구보다 평화를 원하는 나를, 누구보다 싸움을 싫어하는 나를 싸우게 만든다. 가만히 있는 것만으로 평화가 찾아오지 않는다. 평화는 공짜로 얻을 수 없다.

아내가
있는
여자입니다

《한겨레》에 '거시기 사전'이라는 제목으로 일상의 단어를 다시 살펴보는 짧은 칼럼을 연재한 적이 있다. 한번은 '집사람'이라는 단어에 숨겨진 뜻에 대해 다뤘는데 그 칼럼을 읽은 누군가가 물었다. (이름을 대면 알 만한, 책을 여러 권 쓴 교수님이지만 굳이 내 책에 이름을 올려드리고 싶지 않으니 '누군가'라고 쓰고 넘어간다.) '집사람'이 배우자를 집에 있는 사람, 즉 살림을 하는 사람 정도로만 국한시키고 축소시키는 단어라면 도대체 무슨 단어를 써야 '페미니즘적으로' 옳겠느냐고. 자신이 알아보니 '아내'라는 단어의 어원도 '집안의 해'라는 말이 있던데 그렇다면 이 단어도 '집사람'처럼 여성을 집에 있는 사람으로 국한시키는 것 같다면서 대체해서 쓰면 좋을 단어를 제시해달라고 말했다. 이런 요청을 받을 때마다 사실 피곤하다. 문제점을 드러냈으면 그다음 대안도 제시해야 옳다는 식의 태도는 물에서 건져줬더니 보따리도 내놓으라는 심보나 마찬가지다. '집사람'이라는 단어는 이러이러한 이유로 시대착오적이니 더 나은 단어를 찾아보자, 라고 말했으면 알려줘서 고맙다고 말하는 게 먼저 아닌가. 게다가 지구상에 있는 별처럼 많은 페미니스트 중 1인에 불과한 내가, 당신에게 '앞으로 당신은 당신의 배우자를 이렇게 칭하라'고 말하면 그대로 따를 건가. 내 말에 또 누군가는 이렇게 말하겠지. "페미니스트들은 문제가 있다고만 하지 대안을 제시하질 않아. 너무 무책임해"라고.

이쯤에서 흥미진진한 나무위키 썰을 또 하나 풀어보겠다. 이번에 다룰 나무위키 토론의 제목은 다음과 같다.

은하선씨. 사전적 표현에 입각해서 말씀드리는 겁니다.

토론을 시작한 발제자의 태도가 다소 격앙되어 있음을 느낄 수 있다. 나무위키 은하선 문서를 여러 각도에서 손보면서 나는 은하선의 가족관계에 '아내'라는 단어를 넣었다. 이성 간 결혼에서는 시대착오적인 의미를 담고 있을지라도, 결혼이라고 하면 무조건 이성 간의 결혼만을 떠올리는 사회에서 동성파트너를 '아내'라고 지칭하는 건 동성 간 파트너 관계를 가시적으로 드러낼 수 있겠다는 계산에서 나온 행동이었다. 나무위키 토론의 발제자는 '아내'의 사전적 정의는 '혼인하여 남자의 짝이 된 여자'이기 때문에 동성결혼이 법제화되지 않은 한국에 사는 은하선이 동성파트너에게 이 단어를 사용하는 것은 옳지 못하다며 토론을 시작했다. '동거인'으로 하자, '동성연인'으로 하자, 여러 의견이 오갔다. 나는 살며시 끼어들어 이렇게 말했다.

"동성결혼이 법제화된 나라는 이미 존재합니다. 그렇다면 은하선이 동성결혼이 법제화된 나라에서 혼인신고를 하지 않았다는 증거를 가져오셔야 '아내'라는 단어가 아닌 '동거인', '동성연인' 등의 단어 사용을 주장하실 수 있습니다."

약간 억지를 부리는 것처럼 보일 수 있겠지만 나무위키 규정을 숙지했기에 할 수 있는 주장이었다. 나무위키 규정상 토론은 발제자가 의견 제시와 입증책임을 먼저 진다. 기존 서술을 뒤집고 신규 서술을 하고자 할 때도 발제자가 입증을 해야 한다. '아내'라는 단어는 기존 서술이었다. 나는 은하선이 한국 국적자라는 증거와 한국이 아닌 다른 나라에서 동성결혼을 하지 않았다는 증거를 가지고 오라고 계속 우겼다. 사실 하면서도 이걸 진짜 하고 있어야 하나 자괴감이 들었다. 기존 이성 간 결혼 및 가족관계에서 사용하는 호칭에 대한 여러 문제점들이 드러나는 이 시점에, '아내'나 '집사람'이 아닌 더 평등한 호칭을 논의하는 이 시점에, 나는 성소수자라는 이유로 파트너를 '아내'라고도 부르지 못하고 있었던 것이다. 언어는 권력에 따라 만들어지고 사용된다는 사실을 뼈아프게 느끼는 순간이었다. 한국에서 동성결혼이 법제화된다고 해도 저 사람들은 여여커플이 '아내'라는 단어를 쓰는 건 말이 안 된다며 반대할 것이다. 성소수자들끼리 새로운 단어라도 만들어 사용하라고 말할지도 모른다.

여러 논의(그걸 논의라고 불러도 되는지는 정말 모르겠지만)를 거쳐 은하선의 나무위키상 가족관계표에는 '아내' 대신 '동성 배우자'라는 표현이 쓰였다. 크게 상관은 없었다. 무엇으로 쓰건 내 곁에 여성 파트너가 있다는 사실은 변함이 없으니까. 그러나 '아내'가 여성과 여성으로 이뤄진 동성커플이 사용하기에 적합하지 않고, 한국은 동성결혼이 법제화된 나라가 아니기 때문에 동성결혼관계라는 것도 개인의 주장에 가깝다고 말하는 사람들의 마음속에 정말 성소수자 혐오가 1티스푼도 없었을까. 자신이 누구보다 중립적인 입장이라고 믿는 사람들은 우리가 이미 기울어진 세상에 서 있다는 사실을 잊는다. 누가 누구와 함께 살 것인가에 관한 문제는 누가 누구와 섹스할 것인가에 관한 문제보다 첨예하다. 동성간 섹스는 그래, 개인 취향이니까 그건 뭐 그럴 수도 있지, 라고 말하는 사람들도 성소수자들이 법적인 가족으로 묶일 권리를 말하면 안 보이는 곳에 가서 해라, 결혼 그거 뭐 좋은 거라고, 요즘 이성애자들도 결혼 잘 안 한다, 라고 말한다. 맞다. 결혼이라는 그 오래되고 낡아버린 제도를 진심으로 원하는 건 성소수자들밖에 없을지도 모르겠다. 그럼에도 선택권이 있는 것과 선택권조차 없는 건 전혀 다른 시작점 아닐까.

몇 년 전, 동생이 결혼을 했다. 그 이후 명절 때만 겨우 한 번씩 얼굴을 볼 정도로 별 접점이 없는 할아버지는 이제 나를 볼 때마다 동생도 결혼했는데 너는 언제 결혼할 거냐며 묻는다. 결혼을 해야 진짜 어른이 된다는 말 앞에서 난 영원히 철들지 않는 어른 아이가 된다. 남자친구가 있는지를 묻는 할아버지에게 나는 "비슷한 거 있다"는 답으로 힌트를 주었지만 나의 진실은 그의 마음에 가닿지 않았다. 혹시라도 이 집안의 장녀인 자신의 손녀가 성소수자라는 사실을 알고 쓰러지기라도 할까봐 할아버지의 장남인 나의 아빠는 눈치를 준다. 누군가가 나 때문에 충격받을지도 모르니 존재를 숨겨야 하는 인생의 피곤함을 아마 아빠는 상상조차 하지 못할 것이다. 내가 살아 있다는 게 충격이라니 그럼 나는 어떻게 살아야 할까. 딱히 커밍아웃이라는 진지한 예식을 거창하게 치르고 싶은 것도 아니고 그냥 내가 누구랑 어떻게 살고 있는지를 말하고 싶을 뿐인데 그걸 사람들은 무겁게 받아들인다. 나의 일상은 누군가에게 인권 다큐멘터리가 된다. 텔레비전에 나와 커밍아웃까지 한 은하선도 이렇게 살고 있는데(자조적인 농담이니 제발 웃어달라) 다른 성소수자들은 얼마나 답답한 인생을 사는 중일까. 내가 할리우드 스타라도 되지 않는 이상 살아 있는 한 영원히 커밍아웃을 해야 할 모양이다. 할리우드 스타가 되고 싶다는 뜻은 절대 아니다.

가끔 오래전 연락이 끊겼거나 기억에서 사라진 사람들에게서 연락이 오는 경우가 있다. 어떻게 지내나 궁금했던 사람이라면 기꺼이 시간 약속을 잡겠지만, 연락이 왔다는 사실조차 짜증이 날 만큼 의미 없는 관계의 사람인 경우도 있다. 얼마 전에 연락을 해온 사람은 안타깝게도 후자였다. 인간관계의 가장 슬픈 점은 어쩌면 각자의 입장이 다르다는 데 있을지도 모른다. 그는 18년 전 헤어진 구남친이었다. 그러니까 내가 고등학생 때 만났던 사람이다. 갑작스러운 페이스북 메시지를 받고 그대로 무시할까 잠깐 생각했지만 요즘 좋은 사람들을 많이 만나는 바람에 조금의 따뜻함을 가지고 있는 상태였다. 물론 믿거나 말거나다. 간단한 안부를 주고받고 난 후 예전 일을 들먹이는 그에게 술 마셨느냐고 물었다. 진심이었다. 술도 안 마신 맨정신에 18년 전 헤어진 구여친에게 연락을 해선 우리 그땐 그랬지 하는 소리를 늘어놓는 건 상식적이지 않다. 평소에 연락이라도 주고받는 사이였다면 모를까 그와 연락이 끊긴 지는 이미 오래였다. 술을 마시지 않았다기에 그럼 여자친구랑 헤어지기라도 했는지 물었다. 이별하게 되면 사람이 안 하던 짓도 하고 그러는 법이니까. 그랬더니 그는 대뜸 이렇게 말했다.

"헤어진 지는 조금 됐지. 그러는 너는 요즘 남자 만나니, 여자 만나니?"

이게 무슨 말인가. 잘못 봤나 싶어서 눈을 잠깐 비비고 다시 봤다. 이건 예의 없는 질문이라는 짧은 대답을 남긴 후 휴대폰을 닫았다. 기분이 좋지 않았다. 이성애자들은 결혼했다고 한 번만 말해도 기혼자로 알려진다. 그런데 나는 2013년부터 지금까지 같이 살고 있는 파트너가 있다고 아무리 말해도 오피셜이 되지 못한다. 이건 한국에서 동성결혼이 법제화되지 않았기 때문이기도 하지만, 동성 간의 관계는 진지하지 못하고 언제든지 깨질 수 있는 가벼운 관계로 취급당하기 때문이기도 하다. 18년 전에 헤어진, 그러니까 내 인생의 찰나를 지나쳐간 사람이 지금 나와 함께 살고 있는 사람의 성별을 묻는다. 내 파트너의 정체성은 어째서 그렇게 쉽게 물어볼 수 있는 것이 되는가. 내가 바이섹슈얼이기 때문인가. 바이섹슈얼은 남자를 만나는지 여자를 만나는지에 관한 질문에 언제든 넓은 마음으로 답하는 사람이어야 하는가. 이걸 굳이 다 설명하기엔 피곤해서 차단을 했다. 의미 없는 관계에 괜한 에너지를 쏟을 만큼 삶이 심심하지는 않으니까. 머리가 복잡해서 짝꿍을 붙잡고 넋두리를 했다. 그랬더니 이런 답이 돌아왔다.

"너도 참 매몰차다. 요즘 그분이 남자 만나고 있어서 연락했을 수도 있잖아. 그래서 너한테 여자 만나는지 남자 만나는지 물어봤을 수도 있잖아."

푸하하하하. 웃음이 터져나왔다. 한바탕 웃고 나니 머리가 맑아졌다.

가족이란 뭘까. 나에게 가족이란 같이 있으면 재미있는 사람이다. 밖에서 어떤 힘든 일이 있었더라도, 화나는 일이 있어서 잔뜩 가시를 세우고 돌아와도 워워 진정해라, 하고 말해주는 관계. 나에게 가족이란 있는 그대로의 나를 드러낼 수 있는 사람이다. 할아버지는 구순을 넘기셨다. 나는 할아버지에게, 앞으로도 아마 커밍아웃하지 못할 것이다. 엄마 아빠보다 가까운 나의 파트너를 소개하지 못할 것이다. 연세가 많으신 할아버지를 나는 이토록 배려한다. 나를 드러낼 수 없는데 할아버지는 나의 가족일까. 피를 나눴다는 이유만으로 가족일까. 모르겠다. 시끄러운 소리가 나오지 않도록, 할아버지와 나의 부모님 사이가 껄끄러워지지 않도록 배려한다. 나를 숨기고 존재를 감춘다. 수많은 성소수자들은 성소수자를 받아들일 준비가 되지 않은 이들을 이해하고 존중

하고 배려한다.

누군가 이런 질문을 한 적이 있다. 왜 어떤 성소수자들은 커밍아웃을 인생의 과업이자 가장 중요한 일로 여기느냐고. 누군가와 사귀는 그저 사적인 영역의 일일 뿐인데 왜 굳이 타인에게 알리고 싶어 하는지 모르겠다고. 한마디만 하겠다. 난 이성애자들이 사적인 이야기를 할 필요가 없는 회사와 같은 공간에서 자신의 연애사를 시시콜콜 늘어놓는 모습을 수없이 봤다.

누군가에겐 친밀감을 위한 일상의 공유가 어째서 누군가에겐 투쟁의 장이 되는가. 나는 살고 싶다. 있는 그대로 드러내면서. 누군가 나 때문에 화가 날까봐, 누군가 나 때문에 혹시라도 쓰러질까봐, 누군가 나 때문에 혈압이 오를까봐 걱정하지 않고. 나라는 존재를 있는 그대로 드러내고 싶을 뿐이다.

먹지 않겠다는 '욕망'

채식을 한다고 말했을 때 굳이 '난 육식주의자다. 고기 없이는 밥을 못 먹는다'고 대답하는 사람들이 있다. 고기를 좋아하는 자신의 취향을 어떻게든 드러내고 싶어서 안달이다. 채식 식당인 우리 가게에 와서 밥을 먹고 난 후 "채식이라 그런지 배가 하나도 안 부르네. 고기 먹으러 가자"라고 말하는 사람도 있다. 1인분 정도의 양인 메뉴 하나를 시켜서 셋이 나눠 먹으면 당연히 배가 부르지 않는다. '당신의 배가 부르지 않은 건 음식에 고기가 들어가지 않았기 때문이 아니라 당신이 조금 먹어서다'라고 말해주고 싶지만 조용히 입을 다문다. 메뉴를 고르면서 "고기도 안 들어간 음식이 뭐가 이렇게 비싸"라고 중얼거리는 걸 들었기 때문만은 아니다. 음식

값을 책정하는 데 재료값만큼이나 중요한 게 공간의 월세와 요리사의 임금, 전기료라는 점을 고려해주면 얼마나 좋을까. 비건 요리라고 해서 요리하는 시간이나 품이 덜 드는 것도 아닌데, 튀기다 말거나 만들다 만 소스를 부어서 나가는 것도 아닌데 말이다. 게다가 채소값은 고기값보다 저렴하지 않다. 콩고기 같은 대체육도 마찬가지다.

세상은 육식을 권한다. 일부러 채식을 하면서 피하지 않는 이상 대다수의 사람들은 원하건 원하지 않건 고기를 먹으면서 살아간다. 그러니까 누군가 채식을 한다고 말할 때 '나는 육식주의자'라는 말은 굳이 할 필요가 없다. 그건 이미 알고 있는 사실이자 특별할 것 없는 사실이니까. 누군가 성소수자라고 말하는데 거기에 대고 '나는 이성애자야'라고 덧붙일 필요가 있을까. 채식을 하다보면 과자 하나를 살 때도 뒷면의 원재료명 표기를 자세히 보게 된다. 그걸 읽다보면 보이는 게 전부가 아니라는 말을 체감한다. 담백한 맛의, 그러니까 이게 무슨 맛인가 싶을 정도로 별맛 없는 크래커에도 소가 들어가고 귀여운 곰돌이 젤리에도 돼지가 들어간다. 돼지를 죽여서 알록달록 귀여운 곰돌이 모양 젤리를 만든다.

한 방송사에서 카니보어 VS 비건이라는 구도로 한쪽은 고기를 마음껏 먹도록 하고, 한쪽은 비건식을 한 다음 일정 시간이 지난 이후 몸무게 등 신체 변화를 측정하는 다큐멘터리를 방영한 적이 있다. 프로그램의 이름은 무려 〈육채전쟁〉이었다. 고기와 채소의 전쟁이라니 참 대등한 관계다. 누가 보면 비건을 주로 하는 사람들이 고기 먹는 사람들을 괴롭히기라도 하는 줄 알겠다 싶어 씁쓸하지만 일단 보기로 한다. 비건식을 하기로 한 사람이 마트에서 장을 보는데 흥미로운 장면이 지나갔다. 야채 카레를 만들어 먹겠다면서 카레가루를 고르는 장면. 뭐가 문제냐고? 시중에 파는 카레가루에는 대부분(이라고 쓰지만 전부에 가깝다) 소고기, 닭고기, 새우 등 육류가 포함되어 있다. 채식을 하는 사람들은 인터넷을 뒤져 동물성 성분이 들어가지 않은 카레를 따로 구해 먹는다. 중국집에 가서 고기가 들어가지 않은 잡탕밥을 주문해서 먹는 장면에서도 의심이 가는 정황이 포착됐다. 대부분의 중국집에서는 굴소스를 쓰며 잡탕밥도 예외가 아니다. 채식을 하는 사람들은 채식 옵션이 있는 중국집에 가거나 자주 가는 단골 중국집에 굴소스, 육류를 빼고 요리해달라고 요청한다. 어떤 식당은 까다로운 손님의 요청에 안 판다고 말하기까지 하기 때문에 채식인들 사이에서 한 번이라도 비건 옵션 요리가 가능했던 중국집은 공유가 될 정도다. 물론 따로 요청하는 장면이 편집되었을지도 모르겠다. 그러나 방송만으로는 그 지점을 파악하기 어려웠다.

비건이 쉽지 않다는 것만 방영했다면 크게 문제가 되지

않았을 것이다. 하지만 그 방송을 보면서 눈에 보이지 않는 육류 덩어리만 피하는 식사를 해놓고 마치 일정 기간 '비건'을 한 것처럼 포장했다는 의심을 지울 수 없었다. 사실 고기와 채소 중 한 가지를 고른다는 포맷 자체가 말이 되지 않는다. 채소와 고기는 전쟁할 수 없다. 세상의 모든 '고기'는 풀을 먹고 자란다. 소도 돼지도 채소와 탄수화물을 섭취해 몸을 키운다. 지금 당장 눈앞에 있는 건 고기겠지만 그 고기는 살아 있는 동안 채소를 먹었던 동물이다. 채식을 한다는 건 과거와 미래를 보는 일이다. 어떻게 내 밥상에 오게 되었는지 그 과정을 보는 일이다.

채식을 한다고 하면 자신은 고기를 좋아한다고 말하는 사람에게 언제나 묻고 싶었다. 당신은 정말 고기를 좋아하는가. 그 고기는 어디에서 왔는가. 내가 채식을 한다고 말할 때마다 자신은 고기의 씹는 맛이 너무 좋아서 포기할 수 없다고 말하던 당신에게 묻고 싶었다. 고기를 먹을 때마다 누군가를 내 손으로 직접 죽여야 한다면 그때도 매일같이 고기를 먹고 싶다고 말할 수 있을까. 공장식 축산이 당연해진 현대 사회에서 사람들은 직접 손에 피를 묻히지 않고도 쉽게 고기를 구한다. 마트에 가면 누구나 비닐 포장된 고기를 구매할 수 있다. 만약 고기를 먹을 때마다 직접 칼을 들어야 한다면 어떨까. 지금만큼 '편하게' 먹지는 않을 것이다.

나에게 채식은 내가 무엇을 좋아하는지 취향을 의심하는 일이었다. 별 의심 없이 (고기가 들어갔다고는 생각하지 못하고) 먹어왔던 크래커의 원재료명에서 '소고기 분말'을 발견했을 때, 눈앞에 펼쳐진 세상이 어쩌면 누군가에 의해 만들어진 세상이겠다는 생각을 강하게 했다. 채식은 내 입에 들어가는 음식이 어디에서 어떻게 만들어졌는지 더 관심을 갖는 일이고, 그 사이에서 일하는 사람들의 얼굴을 조금 더 상상하는 일이다. 그렇게 상상의 영역을 넓혀가는 일이다. '고기를 포기하는 것'이 아니라 더 나은 '삶을 선택하는 것'이다. "그렇게 좋아하던 걸 안 먹고 살다니 너도 참 독하다." 엄마는 그렇게 말했지만 내가 먹는 게 어디서 어떻게 왔는지, 누구의 죽음이 나의 밥상에 오르는지를 알면서도 먹는 게 더 독한 일이 아닐까.

사람들은 저마다의 이유로 채식을 시작한다. 누군가는 건강을 이유로, 누군가는 우연히 보게 된 다큐멘터리를 계기로 말이다. 대학교 때 대학신문에서 기자로 활동했던 난 여러 가지 사회적 이슈에 관심이 많았다. 채식도 예외는 아니었다. 왜, 어떤 이유로 채식을 시작하게 되는 걸까. 왜 사람들은 이토록 많은 고기를 먹으면서 살게 되었을까. 1만 원에 무제한 삼겹살을 제공하는 식당의 고기는 어디에서 오는 걸까. 나는 왜 고기를 먹을까. 고기를 꼭 먹어야만 할까. 아니,

왜 고기를 먹고 있을까. 이런 관심과 궁금증 덕분에 채식에 관한 기사를 쓰게 되었다. 시작은 학교였다. 소개를 받아 채식을 한다는 교수님과 인터뷰를 했고, 채식을 한다는 학생과 인터뷰를 했다. 그렇게 사람들을 만나다보니 일주일 사이 10명에 가까운 채식인들과 대화를 하게 되었다. 인터뷰를 요청한 건 나인데 나를 데리고 채식 식당에 데려가 밥을 사주는 분도 계셨다. 다큐멘터리를 추천받아 보기도 하고, 《육식의 종말》이라는 책을 선물받기도 했다. 그 일주일이 나의 삶을 바꿔놓을 줄은 나도 몰랐다. 그 뒤로 10년이 넘는 시간이 흘렀고 난 언제부터 채식을 했냐는 질문에 한 15년쯤 됐어요, 라고 답하는 사람이 되어 있다.

하지만 채식을 하면서도 자신이 없었다. 더 정확히 말하자면 다른 사람에게 당신도 채식을 해보라고 제안할 자신이 없었다. 누군가는 이렇게 말했다. 한국사회에서 채식을 한다고 말하는 건 싸움을 거는 일과 같은 거라서, 차라리 한약을 먹어야 해서 고기를 안 먹어요, 라고 말하는 게 낫다고. 네가 고기를 안 먹는다고 세상이 변할 것 같아? 너는 뭐 착한 사람이고 고기 먹는 나는 나쁜 사람이야? 야, 식물은 안 불쌍하냐. 이런 온갖 질문에 휩싸이는 것보다는 차라리 "제가 몸이 좀 안 좋아서 고기를 먹으면 속이 더부룩하더라고요"라고 말하는 게 편하다. 다양한 사람이 존재한다는 걸 받아들이기 어려워하는 사회에서는 다들 먹는 무언가를 안 먹는 사람 또한 '이상한 사람' 취급당하기 딱 좋다.

채식하기 어렵죠, 라는 질문을 받으면 나는 농담조로 "저는 왜 고기 안 먹냐고 괴롭히는 상사도 없고, 고기 먹어야 힘을 쓴다고 뭐라고 하는 친구도 없고, 아이까지 안 먹이면 안 된다고 고기 요리 강요하는 시어머니도 없으니까요"라고 웃으며 대답하는데 솔직히 말하면 농담이 아니라 사실이다. 1년 넘게 연애했던 구남친은 헤어지기 직전까지 "그런데 왜 고기를 안 먹는 거야"라고 물었다. 그에게 여러 가지 채식 관련 기사를 보내준 적도 있었고, 책을 추천한 적도 있었지만 생각해보면 왜 채식을 하는지 '친절하게' 설명한 적은 없었던 것도 같다. 생각해보면 설명하는 과정이 피곤했다. 비교적 가까운 사람이었던 구남친에게도 그랬으니 채식인으로 살면서도 다른 사람에게 채식을 제안할 자신도 용기도 없었다. 왜 안 먹냐고 물으면 그냥 먹기 싫어서 그러는 거니까 묻지 말라고 말한 적도 있다.

채식 관련 기사를 쓰면서 채식의 세계에 발을 들인 게 시작점이었다면 비건 식당을 오픈한 일은 본격적인 채식인으로 살기의 막을 여는 일이었다. 식당을 열면서 SNS에 왜 비건 식당을 오픈하게 되었는지에 관한 짧은 글을 올렸다. 페미니스트라는 말이나 퀴어라는 말은 쉽게 많이 하고 다녔던 내가 10년 넘게 채식을 지속하고 있는 사람이라는 이야기는 꽤나 뒤늦게 한 것이다. 사람들은 생경하다는 반응을 보였다. 섹스와 채식은 어울리지 않는 모양이었다. 채식이 고기를 참는, 즉 먹고 싶은 '욕망'을 잘라내는 영역이라고 생각하는 이들은 섹스를 말하고 섹스 칼럼을 쓰는 은하선과 채식을 하는 사람이라는 사실을 연결하기 어려워했다. 그들을 뭐라고 할 건 아니었다. 나조차도 채식을 하는 사람은 뭔가 예민한 사람이라는 생각을 한 적이 있었으니까. 그건 내가 예민한 사람이기 때문이기도 하지만. 비건 식당을 오픈하면서 나는 인터뷰를 통해서, 다른 책의 추천사를 통해서 내가 채식을 하고 있는 사람임을 본격적으로 드러내게 되었다. 그리고 다른 채식인들과 만나고 소통할 기회도 생겨났다. 10년 넘게 채식을 했다고는 말하지만, 중간에 폴로 베지테리언(붉은 살코기만 먹지 않는다)으로 살기도 했고 페스코 베지테리언(모든 육류를 먹지 않는다)으로 살기도 했다. 처음 시작할 때는 집히는 덩어리 고기만 먹지 않는 사람으로 살기도 했다. 뭐 하나 살 때마다 원재료명 표기를 꼼꼼하게 확인하며 사는 사람이 된 지는 얼마 안 됐다. 지금은 그 시기도 지나서 비건(식물성 음식 이외에는 먹지 않는다)을 지향하고 있다.

고기 먹기를 언제나 제안받는 세상에서 결국은 피하지 못하는 경우도 종종 생긴다. 채식에 대한 사람들의 관심이 증가하면서 편의점이나 마트에서도 비건이나 채식이라는 이름을 달고 나온 간편식을 쉽게 만날 수 있다. 신제품이 나왔다는 소식을 들으면 얼른 먹어보고 싶다는 마음으로 달려가곤 한다. 퇴근 후 들른 집 앞 편의점에서 채식, 대체육이라는 단어가 들어간 삼각김밥을 발견하고 의심 없이 사다 먹었는데, 먹고 보니 동물성 성분이 들어간 걸 알게 된 적도 있다.

비건이라는 단어가 채식이라는 단어와 혼용되고 있는 요즘, 비건이라며 판매하는 음식에 꿀이나 우유가 들어간 사실을 뒤늦게 알게 되기도 한다. 비건 제품 전시회에 참가한 부스 한 곳이 소고기가 들어간 크래커를 시식에 사용해 논란이 된 적도 있다. 비건 제품이나 비건에 대한 관심이 늘어나는 건 반가운 일이다. 하지만 비건도 아닌 제품을 비건 키워드를 붙여 판매하는 이들이나 비건이 무엇인지 정확히 모르면서 비건 제품을 판매하는 이들을 볼 때면 당황스러운 마음과 불쾌한 마음이 동시에 몰려온다. 매 순간 자세히 보고 의심하면서 피해야 한다. 그 과정은 피곤할 수도 있지만 나의 욕망과 더 가깝게 마주하는 일이기도 하다.

몇 년 사이 비건에 대한 사람들의 관심도가 증가하면서 비건을 마케팅에 이용하는 경우도 많이 보게 되었다. 물론 그럴 수 있다. 그러나 비건이 단순히 사업 아이템이었던 이들은 사업이 어려워지자 그 원인을 쉽게 비건 탓으로 돌렸다. 실제로 본인은 채식을 전혀 하지 않으면서도 비건 식당을 오픈했던 자영업자들 중 몇몇은 비건 식당에서 논비건 식당으로 정체성을 변경하기도 했다. 한 사장님은 자신의 SNS에 이런 글을 올렸다. 이 글은 그분이나 그분이 운영하는 식당을 저격하기 위한 글이 아니기에 각색한 내용을 나눠보겠다.

'비건이나 채식주의자가 아님에도 불구하고 비건 음식을 연구해왔지만, 어느 순간 모두를 위한 식당이 아닌 비건만을 위한 식당을 운영하게 되었다. 모두를 위한 식당을 만들기 위해서 비건 식당을 내려놓겠다.'

씁쓸하다. 비건식은 비건만이 먹을 수 있는 특별한 음식이 아니다. 비건 식당이야말로 모두를 위한 식당이다.

비건식에 대한 편견은 아직 존재한다. 아마 사업 방향을 돌리는 사장님들은 그 편견에 맞설 준비가 되지 않은 걸 수도 있다. 비건만이 비건식을 먹을 거라고 착각하고 여전히 비건을 지향하는 사람은 맛을 포기하거나 맛을 모르는 사람 취급을 받는다. 모든 욕구를 누르며 술이나 담배도 전혀 입에 대지 않는 사람으로 받아들여지기도 한다. 물론 어떤 사람들은 건강이나 종교적인 이유로 비건을 지향하기도 하지만, 비건 지향을 하는 모든 사람을 일반화할 때 나 같은 사람들은 어디에도 끼지 못한 채 주춤거리게 된다.

우리 가게 이름은 '드렁큰비건'이었다. 가게를 오픈했을 때 여러 언론 매체에서는 '국내 최초 비건 술집'이라는 타이틀로 가게를 소개해주었다. 이 이름을 지을 때도 비건이 마치 금욕주의자처럼 여겨지는 지점을 꼬집고 싶었다. (종교적인 이유나 정말 금욕을 목적으로 비건을 하는 사람들도 물론 있다.) 사업자 등록을 하고 은행에 사업자 통장을 만들러 갔을 때 "드렁큰비건? 비건 음식점인가요?"라고 묻던 은행원은 뒤이어 "술은 안 팔겠네요. 비건 하시는 분들 대부분 건강 생각하시잖아요"라고 말했다. 메뉴에 적힌 비건 와인을 보고 "와인은 포도로 만들었으니 당연히 비건인데 굳이 써놓는 이유는 뭐예요? 이건 그럼 논알콜 와인인가요?"라고 물어보는 손님들은 생각보다 적지 않다. 와인을 거르는 과정에서 생선 부레, 젤라틴 등의 동물성 성분을 사용하는 경우가 있어서 와인도 비건 와인이 있다.

비건에 대한, 비건 식당에 대한 편견은 여전히 존재한다. 내가 먹는 음식이 내가 된다. 내가 무엇을 좋아하는지, 어떤 걸 먹고 어떤 걸 먹고 싶지 않은지 현미경으로 보듯 더 자세히 들여다보는 일. 동물을 좋아하고 건강을 생각하고 환경을 걱정하는 일 너머의 과정이 채식이라고 감히 말하고 싶다.

다시 한번 묻고 싶다. 당신은 정말 고기를 좋아하는가.

폭력을 고민하기

삼순이가 보이지 않는다. 삼순이는 가게에 밥을 먹으러 오는 고양이다. 옅은 갈색과 어두운 갈색, 흰색이 오묘하게 섞인 아름다운 고양이. 삼순이는 언제나 가게 앞에 앉아 내 눈을 빤히 쳐다보며 밥 내놔, 라고 말했다. 그러니까 눈으로. 손님이 있을 때는 가게 옆 연결된 계단에 앉아 몸을 단장하며 기다렸다. 3년 가까이 가게에서 밥을 먹고 간 삼순이가 6개월이 넘도록 보이지 않는다. 아마도 다시 보긴 어려울 것이다. 사진을 몇 장이라도 찍어두어서 그나마 다행이다. 길고양이는 자유로운 존재라고 하지만 밥을 챙겨주던 고양이와 이별하는 건 쉽지 않다. 길고양이에겐 삐삐도 휴대폰도 없다. SNS도 없다. 더 이상 연락할 방법은 없다. 다른 동네가 아닌 고양이별로 떠났을 경우엔 더욱 이별이 어렵다. 길에서 생활하는 고양이들은 평균수명이 만 3년 정도라고 한다. 집에 사는 고양이에 비해 위험 요소가 훨씬 많기 때문일 거다.

일시적인 이별과 영원한 이별 중 무엇이 덜 슬플까. 살다보니 수많은 이별을 마주한다. 생각하지 못한 순간에 준비되지 않은 안녕을 하는 경우가 예상했던 안녕을 하는 경우보다 더 많다. 드렁큰비건 이전에 상수동에서 운영했던 걸스타운은 2층에 있었는데, 가게에 연결된 좁은 테라스가 있었다. 어느 순간 고양이가 한두 마리 오기 시작하더니 많을 땐 10마리가 넘는 고양이들이 밥을 먹으러 왔다. 한적한 골목에 있던 가게라 어떤 날은 인간 손님보다 고양이 손님이 더 많았다. 파트너는 고양이들을 위해 간식과 사료가 떨어지지 않도록 챙겨두었다. 가게를 찾아오는 고양이들 중에서도 토토는 언제나 다른 고양이들이 먼저 밥을 먹도록 배려하는 고양이었다. 멀리서 다들 잘 먹는지 지켜보다가 어느 정도 배가 차 하나둘 자리를 뜨면 그제야 다가와서 밥을 먹었다. 그런 토토가 언제나 신경쓰여 끝까지 지켜보곤 했다.

그러던 어느 날 토토의 배가 부르기 시작했다. 설마 임신을 한 건가, 생각도 했지만 조금 이상했다. 우리는 고양이 덫을 빌려 간식으로 토토를 유인했다. 그리고 토토를 잡아 택시를 타고 동물병원으로 급하게 이동했다. 별일 아닐 거야. 괜찮겠지. 하지만 세상일은 역시 생각처럼 되지 않는다. 의사는 너무나 담담한 표정으로 토토가 곧 죽을 거라고 말했다. 불룩한 배는 복수가 찬 거라고. 고양이 복막염은 고칠 수가 없다고. 지금은 고양이 복막염 신약이 나오기도 했지만 그때는 약도 나오기 전이었다. 의사는 복수 때문에 밥을 먹기도 어려울 테니 일단 복수라도 제거해보겠다고 말했다. 배가 조금은 홀쭉해진 토토를 데리고 가게에 왔다. 이대로 토토를 다시 길에 풀어주면 영영 볼 수 없을 거란 생각이 들었다. 순간 나는 오만한 생각을 해버렸다. 토토를 데리고 있어야겠다는 생각을 말이다. 토토를 보살피다가 복수가 차면 병원에 데려가고 복수를 제거해 다시 데려오고 끼니마다 밥에 약을 타서 먹이겠다는 생각을 말이다. 그리고 나의 욕심과 건방진 마음으로 토토를 가뒀다. 내 생각대로 약을 탄 밥을 먹이고 토토의 화장실을 치웠다. 토토는 몸이 많이 좋지 않았을 텐데도 주는 밥을 다 먹고 매일 화장실에 갔다. 하지만 심기가 불편한 기색이 역력했다. 토토는 우리를 볼 때마다 하악질했다. 아마 우리에게 배신감을 느꼈을 거다. 얼마나 미웠을까. 그렇게 며칠이 지나지 않아 토토는 고양이별로 떠났다.

살아 있을 때는 털끝조차 만져볼 수 없었던 토토를 그제야 만져볼 수 있었다. 마지막 숨을 내쉬는 토토에게 잘 가라고 인사를 하고 담요를 덮어주었다. 미안했다. 고양이 장례업체를 통해 토토를 화장했다. 마지막 모습을 볼 수 있어서 다행이었는지 모르겠다. 토토에게는 어쩌면 그 무엇보다 자유가 중요했을 텐데 우리의 욕심으로 토토를 곁에 두었던 게 아니었을까. 토토는 자유롭게 죽음을 맞이하길 더 원했을지 모른다. 모든 건 나의 집착이었다. 이별에 대한 두려움 때문에 토토의 마음보다 우리의 마음을 더 생각해버린 건 아닐까.

걸스타운의 테라스를 가득 채웠던 고양이들은 하나둘씩 떠났고 그로부터 몇 년 후 가게를 정리했다. 가게를 정리하던 날엔 클라라와 삐삐가 와서 인사를 했다. 우리가 가는 걸 알기라도 한 걸까. 클라라와 삐삐는 우리가 병원에 데려가 중성화 수술을 시킨 후 다시 풀어준 고양이들이다. 덫에 걸려 병원에 갔던 일도 수술도 전부 무섭고 불편했을 텐데 그 뒤로도 가게에 밥을 먹으러 와줬다. 삐삐는 토토가 가는 순간까지 곁을 지킨 용감하고 의리 있는 고양이기도 했다. 안녕. 잘 있어. 안녕. 안녕. 고양이들에게 인사를 하고 텅 빈 가게 문을 닫고 나왔다.

끝이 있어야 시작이 있다지만 그 끝을 놔주고 싶지 않을 때가 있다. 살면서 얼마나 많은 이별을 경험해야 할까. 한때는 그런 슬픔을 더 이상 느끼고 싶지 않아 삶이 다 부질없다는 생각도 했다. 이랑의 노래처럼 한날한시에 다 같이 죽어버렸으면 좋겠다는 마음도 가져봤다. 사실은 지금도 그렇다. 이별은 쉽지 않고 안녕은 하고 싶지 않다. 삶은 영원하지 않고 사랑도 사람도 유한하다. 이건 당연하지만 당연해서 받아들이고 싶지 않은 사실이기도 하다. 하지만 이러한 사실을 조금은 유연하게 받아들이는 방법을 고양이들에게서 배웠다. 내가 이만큼의 사랑과 마음을 준다고 하더라도 고양이들은 절대 나에게 그 마음을 되돌려주지 않는다. 밥을 준다고 곁을 주지도 않는다. 어느 정도 배가 부르면 뒤도 돌아보지 않고 간다.

사람과의 관계에서 서운함은 사실 돌려받고 싶다는 마음에서 비롯된다. 내가 이만큼이나 해줬는데 어떻게 이럴 수가 있어. 지난번에 힘들다고 전화와서 투정 부릴 때 다 받아줬는데 내 전화를 안 받아? 어떻게 나한테 이래. 이런 마음은 결국 자기 자신에게서 온다. 상대방은 어찌 됐건 남이다. 나와 다른 존재가 나의 생각을 알아줄 리도 없고 알아줄 필요도 없다. 세 번이나 임신과 출산을 반복한 클라라가 안타까워서 병원에 데려가 중성화 수술을 시키고 밥도 챙겨줬지만 그건 내 사정이다. 클라라가 내가 미워 가게에 다시 오지 않아도 어쩔 수 없는 일이다. 마지막 인사까지 하러 와준 클라라가 무척 고마웠지만, 그건 그러니까 말 그대로 정말로 고

마운 일이다. 그건 당연하지 않다. 이 모든 걸 가르쳐준, 길에서 만났던 고양이들이 오늘따라 참 많이 보고 싶다.

끔찍한 뉴스를 봤다. 헤어진 전 여자친구 집에 들어가 전 여자친구와 같이 사는 고양이를 세탁기에 넣고 돌려 죽였다는 뉴스였다. 한때 여자친구가 사랑한다고 말했을지 모르겠지만 더 이상 사랑하지 않는다고 말했다면 안녕을 빌어줘야 한다. 이별할 줄 모르는 사람들은 자기 마음대로 되지 않는 현실을 받아들이지 못해 분노와 폭력을 표출한다. 아마 그 고양이는 가해자의 전 여자친구가 그 누구보다 사랑하는 고양이였을 것이다. '더 이상 나를 사랑하지 않으면서 인간도 아닌 저 고양이는 여전히 사랑하고 있다니 받아들일 수 없어'라는 마음에 고양이를 죽이기로 마음먹었을지 모른다. 다음으로 폭력을 표출할 상대는 어쩌면 전 여자친구일 수도 있다. 고양이를 죽이면서 협박과 경고의 메시지를 남긴 자신이 용감하게 느껴졌을까. 눈 하나 깜빡하지 않고 고양이를 죽일 수 있는 스스로가 대단하게 여겨졌을까.

고양이나 개에게 행해지는 이런 폭력은 아직까지 처벌의 수위가 약하다. 몇 년 사이 동물보호법이 개정되며 길고양이를 대상으로 폭력을 가한 사람에게 징역이나 벌금형이 내려지기도 했다. 하지만 길에 사는 동물들은 오랫동안 인간에게 수많은 폭력을 당하고, 살해당하는 삶을 견뎌왔다. 처벌할 수 있게 되었다고 해도 범죄가 쉽게 사라지지는 않는다. 자신보다 약자인 동물, 여성을 향한 폭력을 저지르며 자신을 사랑해주지 않는 세상을 향한, 자신에게 관심을 주지 않는 사회를 향한 분노를 내던지는 사람들. 강아지와 고양이 중에서도 특정 품종의 유행. 쉽게 수풀 사이에 버려지는 거북이나 물살이. SNS의 수없이 많은 동물 계정. 인간이 원하는 방식대로 다른 생명체를 대하는 마음들은 결국 폭력이 된다. 나 또한 이 굴레에서 자유롭지 못하다.

동물을 좋아하느냐는 질문을 받았다. 뭐라고 대답해야 하나 생각하다가 답을 하지 않았다. 사람들은 때로 스스로가 동물이라는 사실을 잊고 살아간다.

에필로그

불확실함이라는 확실성

스물한 살의 고양이 견이를 떠나보내고 기타를 배웠다. 견이는 나와 같은 집에서 10대 시절을 함께 보냈다. 같이 살 때도 나를 무척이나 싫어했는데 내가 부모님 집에서 독립하고부터 자주 보지 못하니 점점 더 멀어졌고 볼 때마다 싫은 티를 더 냈다. 견이가 나를 싫어한 이유는 아마도 견이만 알 것이다. 견이가 살아 있다고 해서 알 수 있는 것도 아니지만 고양이별로 가버렸으니 이제 물어볼 방법도 영영 사라져버렸다. 영영이라는 말을 쓰고 보니 정말로 견이와 다시는 만날 수 없을지도 모른다는 생각이 들어 슬퍼진다. 언젠가 다시 만날 수도 있지 않을까. 사후세계를 믿지 않는 나의 파트너는 다시 또 살아야 한다면 너무 지겹다는 말을 했다. 죽어서 다시 태어나도 너의 연인이 되겠다는 말과 한 번뿐인 유일무이한 삶에서 너의 연인으로 살겠다는 말 중에 어떤 게 더 로맨틱한지는 모르겠다. 죽음은 절대 익숙해지지 않고, 언젠가 다시 만날 수 있다는 상상조차 하지 못하면 삶을 지탱하기가 어렵다.

견이가 스무 살이 넘었을 때, 어쩌면 이제 견이가 정말 우리를 떠나갈지도 모른다는 생각을 했다. 견이에게 새해에도 복 많이 받으라는 인사를 하고 엄마가 끓여준 떡국을 한 그릇 뚝딱하고 돌아온 지 며칠이 지나지 않아, 울먹이는 엄마의 전화를 받았다. 가게에 출근하는 중이었는데 견이에게 마지막 인사를 하지 못할까봐 하루 영업을 쉬기로 하고 부모님 집으로 향했다. 견이는 정신이 없는 듯했다. 누워 있는 견이의 동공은 하늘을 향해 있었고 숨을 쉬긴 했지만 힘들어 보였다. 그렇게 나흘 정도가 지나고 견이는 갔다.

견이가 가고 나는 기타를 쳤다. 몇 년 전에 친구가 준 기타였다. 친구는 기타를 배우면 즐겁게 노래를 부르면서 기타를 칠 수 있게 되고, 자신에게도 악기 연주라는 멋진 취미가 생길 줄 알았다고 말했다. 그러나 생각과는 다르게 배울수록 오히려 스트레스만 늘었다며 우리 집에 기타를 두고 갔다. 이제 악기 배우기를 포기하겠다면서 말이다. 나는 관악기인 오보에를 오래 연주했고 피아노도 조금 칠 줄 알았지만 현악기는 처음이었다. 처음인 데다가 나는 멀티에 약하다. 노래하면서 기타를 치는 미션은 나에겐 불가능이다. 게다가 리듬감도 그리 좋지 않다. 자고로 기타는 자유자재로 박자를 타면서 연주해야 제맛 아닌가. 나에게는 적합하지 않은 악기다. 기타 줄은 두꺼워 보였고 손도 아플 것만 같았다. 배우고 싶지 않아서 배우지 않아야 할 100가지 이유를 만들고 있었다.

친구가 준 기타는 우리 집에 처음 왔을 때처럼 까만 옷을 입은 그대로 내가 글도 쓰고 온갖 작업을 하는 작업방 한편에 서 있게 되었다. 작업실에 들어갈 때마다 기타의 못생긴 모습이 싫어서 작업실에 들어가지 않았고 그 결과 글도 쓰지 않았다. 이렇게 적고 보니 친구가 준 기타 때문에 글도 못 썼고 이 책도 늦어지게 된 거라는 핑계를 대는 걸로 보인다. 반은 진실이고 반은 거짓말이다. 글은 그냥 내가 부족해서 못 쓴 거고 그냥 그 정도로 내가 기타를 싫어했었다는 이야기를 하고 싶은 것뿐이다.

그럼 지금은? 지금은 기타를 사랑한다. 견이가 가고 한동안 기타만 쳤다. 아침에 일어나서 기타를 치고 자기 전에도 스트로크 연습을 하다가 잠이 들었다. 가게에도 기타를 가져다놔야 할지 진지하게 고민했다. 당연히 파트너에게 저지당했다. 기타를 치면서 노래를 부를 수 있게 되었던 날, 눈물이 났다. 견이는 아마 누구보다 빠르게 무지개다리를 건너갔을 것이다. 남은 나는 슬픔이라는 감정을 처리하지 못해 기타만 쳤다. 오보에를 불면서는 노래할 수 없었는데 기타를 치면서는 노래를 할 수 있어서 좋았다. 노래는 때로 고함이다. 감정은 소리가 되어서 목구멍을 타고 나온다. 기타를 들어줄 만하게 칠 수 있게 되었을 때 내 마음도 많이 정리가 되었다.

아무렇지 않다고 말했지만 어쩌면 난 지난 몇 년간 힘들었던 것도 같다. 자신의 경험을 '그런 것 같다'고 말하는 방식은 옳지 못하지만 아무리 생각해도 나의 감정이나 생각을 알 수 없을 때가 있는 법이다. 도망치고 싶지만 도망칠 수 없을 때가 있다. 이미 시작을 했으니 무라도 잘라야 한다. 자른 무를 고춧가루 팍팍 무쳐 먹을지 뭇국을 끓여 먹을지는 그다음에 결정해도 늦지 않다. 무를 커다랗게 깍둑썰기 할지 채를 썰지도 그다음에, 아니 더 다음에 결정해도 늦지 않다. 어느 술집에 갔더니 투박하게 자른 무로 부친 무전이 있었다. 무전을 시켜 한 입씩 베어서 오물오물 씹어 먹으며 소주를 마셨다. 기가 막혔다. 살다보면 생각하지 못했던 맛있는 음식과 마주하기도 한다. 그래서 인생은 재미있는 건지도 모른다.

한때 난 온갖 시끄러운 일들을 만들었고, 또 다른 이들이 만들어놓은 시끄러운 소용돌이 속에서 헤맸다. 그렇게 시끄러웠어, 그럼 다음은 뭐야? 책을 쓴다면서 다음 책은 언제 나오는 거야? 요즘에도 글을 쓰세요? 한때는 관심종자더니 이제 관심도 못 끄네, 그렇게 말하는 사람들에게 네, 하고 있습니다, 말하며 웃었다. 어딘가에 얼굴을 드러낸다는 건 사람들을 오해하게 만드는 일이기도 하다. 사람들은 매체에 얼굴을 드러내는 사람을 그 사람이 가지고 있는 능력보다 더 능력 있는 사람으로 쉽게 착각한다. 사람들의 그 무거운 착각에 지칠 때도 있었다. 나라는 존재는 그대로인데 사람들은 수없이 많은 말을 가지고 와 내 앞에 내놓았다. 어느 순간 알았다. 지나가는 사람들은 생각보다 나에게 관심이 없다. 관심이 없고 애정이 없는 사람에게 사람들은 오래 생각한 말을 내뱉지 않는다. 앞으로 나아가지 못한다는 기분이 들 때면 난 무를 생각한다. 때론 싸우고 때론 무를 썰면서 사는 거다. 무는 맛있으니까.

제 얘기가 그렇게 음란한가요?

초판 1쇄 펴낸날	2025년 4월 21일
지은이	은하선
펴낸이	박재영
편집	임세현·이다연
마케팅	신연경
디자인	조하늘
제작	제이오
펴낸곳	도서출판 오월의봄
주소	경기도 파주시 회동길 513 203호
등록	제406-2010-000111호
전화	070-7704-5240
팩스	0505-300-0518
이메일	maybook05@naver.com
X(트위터)	@oohbom
블로그	blog.naver.com/maybook05
페이스북	facebook.com/maybook05
인스타그램	instagram.com/maybooks_05

ISBN 979-11-6873-144-8 03810

책값은 뒤표지에 있습니다. 잘못된 책은 바꾸어 드립니다.

만든 사람들

책임편집	이다연
디자인	조하늘